novum pro

AF150076

A. Janssen

De legende van Arnborg

novum pro

Dit boek is ook als
e-book
verkrijgbaar.

© 2025 novum publishing gmbh
Rathausgasse 73, A-7311 Neckenmarkt
office@novumpublishing.nl

ISBN 978-3-7116-0735-5
Geredigeerd door: Ine van Gerwe
Ontwerp omslag, lay-out & typografie:
novum publishing

www.novumpublishing.nl

Print product with financial
climate contribution
ClimatePartner.com/16547-2311-1001

Inhoud

Hoofdstuk 1

'Dag juf!' roept een van haar leerlingen naar haar. Hannah zwaait vrolijk terug. Nog even de laatste dingen opruimen en dan is het eindelijk vakantie. Hannah loopt terug naar haar klas en kijkt rond. Het ziet er maar kaal uit nu alle werkjes van de kinderen weg zijn. Het laatste wat ze nog moet doen is haar bureau opruimen, de overgangsrapporten doorsturen naar Stijn in groep 4 en dan kan de deur dicht. Hilde, die groep 5 lesgeeft, klopt op de deur en loopt naar binnen.

'Ben je bijna klaar? Ik heb bijna alles opgeruimd, alleen mijn eigen spullen nog en dan naar huis.'

'Hier hetzelfde,' zegt Hannah glimlachend. 'Daarna trek ik thuis een wijntje open en bestel ik eten, om het begin van de vakantie te vieren. Ik heb nog steeds niet besloten waar ik heen wil op vakantie, dus ik ga daar vanavond even naar kijken. Heb jij ideeën voor een leuke vakantie?'

'Heb je nog steeds niks gepland?' vraagt Hilde verbaasd. 'Dadelijk kun je helemaal niks meer vinden of is alles heel duur.' Zelf gaat ze met haar vriend naar Italië, naar het strand.

'Nee, nog niet,' antwoordt Hannah. 'Waarschijnlijk pak ik de auto en ga ik richting zee, maar waarheen precies weet ik niet.'

'Ga ook naar Italië,' zegt Hilde. 'Of Spanje: cocktails en strand.'

Hannah lacht en zegt: 'Dat klinkt heerlijk, misschien doe ik dat wel. Maar eerst een paar dagen helemaal niks doen en thuis een beetje opruimen voordat ik vertrek.'

'Slim plan. Wij gaan vanavond lekker uit eten. Alle tapas eten die ik maar kan bestellen om het begin van de vakantie te vieren.' lacht Hilde. 'Maar om op tijd te zijn, moet ik nu wel echt de laatste dingen gaan opruimen. Ik hoop dat je een hele fijne vakantie hebt en tot over een paar weken!'

'Fijne vakantie!' roept Hannah.

Hilde zwaait en loopt naar haar eigen klas. Ze ruimt de laatste dingen op die de kinderen hebben laten liggen en stuurt haar overgangsrapporten door. Intussen denkt ze aan de vakantie, maar ze kan nog steeds geen beslissing nemen.

Even later is de klas aan kant en staat Hannah bij de auto, een oude Ford Ka. Ze kijkt er bedenkelijk naar. Zou de auto het volhouden om een lange reis te kunnen maken? De laatste tijd heeft hij nogal wat kuren en branden er lampjes op het dashboard. Niks van de motor gelukkig, maar wel buitenverlichting die af en toe aanspringt. Voor de zekerheid toch maar even de garage bellen om hem na te laten kijken, zodat ze in ieder geval met een gerust hart de weg op kan. Dan ziet ze thuis wel weer of hij de reis overleefd heeft.

Eenmaal thuis schopt Hannah haar schoenen uit en loopt naar de keuken van haar kleine appartement. Na een jaar voelt het eindelijk als haar thuis, na een lange zoektocht voor een eigen appartement. Hannah pakt een fles wijn uit de koelkast en gaat aan de keukentafel zitten. Op haar telefoon opent ze Maps en begint te kijken waar ze heen zou willen. Naar Spanje? Dan moet ze wel door Frankrijk heen, daar is ze al zo vaak geweest. Dan valt haar oog op de bergen van Zwitserland; daar is ze nog nooit geweest. En dan ligt de route altijd nog open om naar Italië te rijden, naar de zee. Tevreden dat ze in ieder geval weet waar ze heen wil, loopt Hannah met de wijn naar de woonkamer en gaat op de bank zitten. De wijnfles en een glas zet ze op het tafeltje en ze kijkt bij haar favoriete sushirestaurant wat ze wil eten. Na het plaatsen van de bestelling zet ze een film op en wacht op het eten. Na een kwartier gaat de bel en staat de bezorger voor haar deur. Hannah bedankt hem en installeert zich met de sushi en de wijn op de bank.

De volgende ochtend zit Hannah in haar pyjama aan de keukentafel. Eerst de garage maar bellen om te vragen voor een snelle check van haar auto; van die lampjes wordt ze maar zenuwachtig. Gelukkig kan ze die middag de auto afgeven, zodat er morgen naar gekeken kan worden. Opgelucht pakt Hannah haar laptop om haar vakantie verder uit te stippelen. Ze is echt toe aan vakantie, maar waarheen? Ze stopt haar lange donkerblonde haar achter haar oren en zet haar bril iets hoger op haar neus; vandaag heeft ze geen afspraken staan, dus heeft ze haar lenzen niet ingedaan.

'Waarheen te gaan?' mompelt ze.

Vorig jaar is ze niet op vakantie geweest omdat ze midden in haar verhuizing zat, dus de zon kan ze echt wel waarderen. Zwitserland en Italië zijn al besloten. Nu alleen nog een plek om te slapen, het liefst in de buurt van wat dorpjes om te bezoeken. Na een paar uur zoeken heeft Hannah een route gevonden die haar door de bergen heen voert. Op Google heeft ze een aantal reisblogs gelezen die de mooiste plekjes van Zwitserland hebben aanbevolen. Na nog even haar verzekering te hebben gecheckt, klapt ze tevreden haar laptop dicht. Dan loopt ze naar haar slaapkamer om het grootste gedeelte van haar kleren vast in te pakken. Gelukkig heeft ze niet zo lang geleden een hoop nieuwe kleren ingeslagen voor de zomer. Ze houdt een rood jurkje voor haar lichaam en kijkt in de spiegel. Fronsend beoordeelt ze of ze het jurkje mee zal nemen. Haar lange haar valt over haar schouders en tuimelt in golven langs haar rug omlaag. Persoonlijk vindt ze haar wenkbrauwen te dik en haar blauwe ogen te flets. Het enige wat ze wel erg mooi vindt, zijn haar lippen, die vol en zachtroze zijn. Met haar één meter vijfenzeventig is ze zeker niet klein en door het vele sporten van kleins af aan is haar lichaam slank, maar gespierd. Haar telefoon begint te rinkelen en op het scherm licht de naam van haar moeder Wendy op.

'Hoi mam,' zegt Hannah, en legt intussen de jurk bij de andere kleren op het bed neer.

'Hoi lieverd,' begroet haar moeder haar. 'Hoe bevalt de vakantie? Heb je inmiddels al vakantieplannen gemaakt?'

'Ja, ik heb vandaag alle plekjes geboekt. Op naar Zwitserland,' vertelt Hannah opgewekt aan haar moeder, terwijl ze op het bed gaat zitten en de telefoon tussen haar oor en schouder klemt. Ze draait half het bed op en begint de kleren op te vouwen.

'Heb je alles ingepakt?' vraagt haar moeder aan de telefoon. 'Je vader en ik zullen af en toe even de planten water geven en de post opruimen.'

Hannah lacht. 'Nee, ik moet nog inpakken. Ik ben al wel alles aan het verzamelen wat ik mee zou willen nemen en ik heb verzekeringen afgesloten voor als de auto het begeeft. En ook een reisverzekering,' voegt ze er snel aan toe voordat haar moeder daarover gaat beginnen. Na nog een paar minuten gepraat te hebben, zegt ze haar moeder gedag en beëindigt het gesprek.

Een paar dagen later stapt Hannah vroeg in de auto en vertrekt. De auto heeft ze na laten kijken en hij kan er weer tegenaan. De muziek van haar telefoon schalt uit de luidsprekers in de auto en de navigatie geeft geen files aan. Hannah zingt vrolijk mee terwijl ze de zon ziet opkomen.

Wat een heerlijke dag om te rijden, denkt Hannah. De kilometers glijden voorbij en ze denkt aan wat ze wil gaan doen in de vakantie: vooral veel lezen en genieten van de omgeving. En veel cocktails drinken, voegt ze er in gedachten aan toe. En vooral weer tijd om te lezen, dat heeft ze al zo lang niet gedaan. Haar e-reader is geladen met alle boeken die haar leuk leken, om lekker op het terras of aan het strand te kunnen lezen.

Een paar dagen later komt ze in een stuk van de bergen in Zwitserland waar de navigatie van haar telefoon begint te flikkeren en te herrekenen, alsof de verbinding heel slecht is, terwijl ze vol bereik heeft. Na haar een paar kilometer alle kanten op te hebben gestuurd, geeft de navigatie het op en zegt dat ze geen bereik meer heeft. De dreigende wolken die boven haar hangen, lijken haar humeur te hebben opgemerkt en worden nog donkerder.

'Nee, niet nu. Waar moet ik heen?' mompelt Hannah terwijl ze verwoed op het scherm van haar telefoon tikt. De navigatie werkt niet meer en het bereik is inmiddels nog maar 1 streepje.

'Shit.' zegt Hannah, 'Oké, de weg blijven volgen dan maar.'

Intussen is het steeds donkerder geworden en beginnen de eerste regendruppels op de voorruit te vallen.

'Ook dat nog, het is zo niet mijn dag vandaag.' zucht Hannah.

Het wordt steeds moeilijker om de weg te blijven zien door de regen, waardoor ze de afslag naar het dorp mist. Inmiddels regent het pijpenstelen en ziet Hannah geen hand voor ogen meer. Langzaam rijdt ze door met de ruitenwissers in de hoogste stand, tot ze met een wiel van de weg afraakt. Het wiel blijft steken in de modder en ze kan niet meer voor- of achteruit. Dan hoort ze een raar geluid en de auto slaat af.

'Oh nee, dit meen je niet,' mompelt Hannah terwijl ze de auto weer probeert te starten. De auto sputtert en slaat weer af. Hannah voelt de paniek toenemen en probeert rustig adem te halen. Intussen klettert de regen steeds harder op het dak en is het volslagen donker geworden. Hannah zit te twijfelen om naar buiten te gaan om te kijken wat er is, maar besluit dat het beter is om in de auto te blijven en de alarmlichten aan te zetten. Ze kijkt op haar telefoon of ze inmiddels wat bereik heeft, maar de telefoon geeft nog steeds geen streepjes aan. Hannah stopt de telefoon in haar jaszak en probeert te bedenken wat ze nu moet doen. Dan schijnen er in de verte ineens twee koplampen. Daar komt een auto aan! Razendsnel haalt Hannah haar telefoon uit haar zak, zet de zaklamp aan, stapt de stromende regen in en begint met de zaklamp van haar telefoon te zwaaien. De auto mindert vaart en het raampje aan de bestuurderskant gaat omlaag.

'Hallo, kan ik je ergens meehelpen?' vraagt de oudere man in de auto in het Duits. Zijn vrouw kijkt met een bezorgd gezicht naar de inmiddels doorweekte Hannah.

'Hallo, ik zit vast met de auto en die is inmiddels ook afgeslagen,' zegt Hannah in vloeiend Duits, terwijl ze naar de auto gebaart. Op dit moment is ze heel blij dat ze altijd goed is geweest in talen. Zo spreekt ze naast Nederlands vloeiend Engels en Duits. 'Weet u of hier ergens in de buurt een dorp is waar ik naartoe kan om hulp te vragen?'

De man draait zich om naar zijn vrouw en zij knikt.

'Stap maar in,' zegt de man. 'Onze kleinzoon is de garagehouder van dit gebied. Vannacht kun je bij ons logeren. Dan zorgen we morgen wel dat de auto wordt opgehaald en nagekeken in de garage.'

Hannah haalt opgelucht adem en haalt snel haar koffer en rugzak uit de auto. Ze stapt in de auto en na een paar minuten begint ze weer op te warmen. De vrouw draait zich half om en stelt zichzelf en haar man voor.

'Dit is Louis en ik ben Elena, aangenaam kennis te maken.' Ze glimlacht naar Hannah. 'Wat is je naam en waar kom je vandaan? Ben je alleen op reis?'

'Mijn naam is Hannah en ik ben op doorreis. Ik kom uit Nederland en ik ben op weg naar het dorp Giffers, alleen toen viel de navigatie uit op mijn telefoon. Door de regen zag ik het pad niet meer goed en uiteindelijk ben ik vast te komen zitten in de modder,' vertelt Hannah.

Elena kijk naar Louis en zegt: 'Dan ben je een heel eind uit de richting. Wij wonen in La Roche.'

Hannah kijkt verslagen. Ze weet niet wat te doen.

'Weet je wat,' zegt Elena. 'Vannacht slaap je bij ons. Deze regenbui zal niet al te lang meer duren. Dan kijken we morgen even met Liam of hij je auto kan ophalen en eventueel maken. Met een paar dagen ben je weer onderweg naar je bestemming.'

Hannah stemt ermee in en kijkt door de beslagen ruiten naar de donkere nacht.

Na een klein halfuur zijn ze bij het huis van Louis en Elena aangekomen. Elena laat Hannah zien waar de logeerkamer is en waar ze handdoeken kan vinden.

'Ik kan u en uw man niet genoeg bedanken voor de hulp,' zegt Hannah oprecht tegen Elena.

Elena glimlacht en legt haar hand op de arm van Hannah.

'Het is geen enkele moeite,' zegt Elena warm. 'Heb je honger? Wij moeten nog eten, je kan mee-eten als je dat wilt.'

Hannahs buik rommelt en Hannah lacht schaapachtig naar Elena.

'Ik geloof dat ik wel honger heb. Ik eet graag met jullie mee,' geeft Hannah aan.

Elena loopt naar beneden en Hannah loopt de logeerkamer in. Snel doucht ze, trekt droge kleren aan en loopt weer naar beneden.

Tijdens het eten vertellen Louis en Elena dat ze al een aantal jaar met pensioen zijn, en dat de garage eerst van hen is geweest voordat Liam hem heeft overgenomen.

'We hebben al met Liam gesproken. Hij heeft beloofd je auto morgenochtend op te halen en na te kijken in de garage,' zegt Louis tegen Hannah.

'Heel fijn, ontzettend bedankt. Dat is echt een hele opluchting,' zucht Hannah. 'Ik had anders echt niet geweten wat ik zou moeten doen.'

Na het eten beginnen de gebeurtenissen van die dag Hannah in te halen en ze begint te gapen. Ze wenst Elena en Louis een goede nacht en gaat naar bed. Voor ze het licht uitdoet, kijkt ze nog even op haar telefoon, waar ze inmiddels weer bereik op heeft. Snel stuurt ze een bericht naar haar moeder en legt de telefoon aan de lader. Dan valt ze al snel in een droomloze slaap.

Hoofdstuk 2

'Goedemorgen,' zegt Hannah tegen Louis en Elena.

Ze gaat bij hen aan de ontbijttafel zitten. Ze groeten terug en gaan verder met ontbijten. Hannah kijkt watertandend de tafel rond. Er ligt zoveel wat ze lekker vindt op tafel: harde en zachte broodjes, jam, vleeswaren en kaas. Hannah pakt een hard broodje en snijdt dit open om er jam op te kunnen doen. Ze neemt een hap en sluit genietend haar ogen; dit is vakantie. Ze kijkt naar buiten en ziet dat het inmiddels helemaal is opgehouden met regenen. Een waterig zonnetje probeert door het wolkendek heen te breken en in de verte ziet ze iemand lopen met een hond.

'Liam is op dit moment je auto aan het ophalen, dat zou hij als eerste doen vandaag. Ik verwacht hem binnen een uur terug,' zegt Louis. Hannah lacht opgelucht en knikt.

'Heel fijn dat het allemaal zo snel kan,' zegt ze tegen Louis.

'Gelukkig is het hier niet zo heel erg druk. Dat scheelt een hoop,' knipoogt Louis.

'Is de garage ver weg? Ik zou graag vanmiddag even langs willen gaan om te kijken hoe groot de schade is en wat dat gaat kosten,' zegt Hannah.

Elena knikt begrijpend en zegt: 'Ik loop straks wel mee, het is niet ver. De garage zit een paar straten verderop. Dit was om te voorkomen dat Louis werk mee naar huis neemt.' Ze geeft een klein duwtje tegen de schouder van Louis en hij kijkt schaapachtig naar Hannah.

'Toen we net samenwoonden, was dat in het appartement boven de garage. Toen kwam er weleens een onderdeel mee naar huis om daaraan verder te werken. Nu woont Liam daar, wat erg handig is want dan is er iemand dicht bij de garage,' zegt Louis.

'Als je wilt, kan ik je een tour geven in het dorp, zo groot is het niet. Onze dochter Jenna met haar man Joseph, de ouders van Liam, beheren de enige juwelierswinkel die het dorp rijk is,' zegt Elena terwijl ze vragend naar Hannah kijkt.

Hannah knikt terwijl ze een hap van haar broodje neemt. Nadat haar mond leeg is, zegt ze: 'Lijkt me leuk om samen een rondje door het dorp te lopen. Ik zou graag de boel beter verkennen.'

Na het ontbijt helpt Hannah mee opruimen voor ze naar boven gaat om haar tanden te poetsen en haar spullen te pakken. Wanneer ze weer beneden komt, staat Elena al klaar om te gaan. Samen lopen ze de straat uit en slaan rechts af. Na nog een paar straten waarbij Elena al een aantal dingen aanwijst die leuk zijn om te bezoeken, zijn ze bij de garage aangekomen. Elena roept Liam, maar er komt geen antwoord.

'Kom, waarschijnlijk is hij achter. Je auto is al hier, ik heb de aanhanger al op de parkeerplaats gezien,' zegt Elena.

Samen lopen ze door de shop naar de werkplaats. Bij Hannahs auto staat een man papieren op een klembord in te vullen. Er steekt een potlood uit de broekzak van zijn spijkerbroek en hij heeft de mouwen van zijn trui opgerold, waar sterke, gespierde armen uitsteken. Hannah kijkt snel naar haar eigen kleren: een spijkerbroek en een dunne trui waar ze haar leren jack over aan heeft gedaan. Ze doet snel haar haren achter haar oren en trekt haar jas recht.

Elena loopt glimlachend op hem en roept: 'Liam! Ik dacht al dat je hier bezig was. Toen we de shop binnenkwamen, was er niemand. Werkt Theo vandaag niet?'

Liam kijkt op en antwoordt: 'Nee, hij heeft vrij vandaag, dus ik ben alleen. Wie heb je meegebracht?'

Elena stapt opzij en stelt Hannah voor: 'Dit is Hannah. De auto die je vanochtend op hebt gehaald is van haar. Hannah, dit is mijn kleinzoon Liam.'

Hannah glimlacht en schudt de hand die Liam haar toesteekt. 'Aangenaam kennis te maken.'

Ze neemt Liam nog eens goed in zich op: hij is groter dan zij is, heeft zwart, licht krullend haar en groenbruine ogen. Een lichte stoppelbaard prijkt op zijn strakke kaaklijn. Een erg knappe man, beseft ze, en ze bloost. Ze kijkt de ruimte door en ziet haar auto op de brug staan.

'Weet je al iets meer over de schade aan mijn auto?' vraagt Hannah aan Liam.

Liam kijkt naar de auto en dan weer in zijn papieren.

'Ja, maar dit gaat wel even duren, vrees ik. Het wiel is tussen een steen en een struik terechtgekomen, zag ik toen ik de auto ging ophalen. Daardoor is de aandrijving van het wiel beschadigd geraakt. De onderdelen die we daarvoor nodig hebben, moeten vanuit een ander dorp naar hier gestuurd worden; die heb ik niet standaard op voorraad. Ik verwacht ze morgen te hebben, dan is de auto de dag erop weer klaar voor gebruik,' zegt Liam tegen Hannah.

Hannah knikt en kijkt bedachtzaam. In haar gedachten maakt ze een lijstje van de accommodaties die ze moet bellen dat ze niet komt. Ze moet hier iets van een hotel zoeken.

'Heb je een idee wat dit gaat kosten?' vraagt ze aan Liam, terwijl ze haar lange donkerblonde haar achter haar oren steekt.

'Dit komt toch algauw in de buurt van driehonderdvijftig euro, schat ik,' zegt Liam tegen haar. De moed zakt Hannah in de schoenen. Dat is veel geld. Ze besluit zodra ze tijd heeft met de verzekering te bellen, in de hoop dat die haar kan helpen.

'Is hier ergens een hotel of een Airbnb in de buurt waar ik zolang kan verblijven?' vraagt ze.

'Doe niet zo gek, je blijft bij ons slapen' zegt Elena meteen. 'Het dichtstbijzijnde hotel is een dorp verderop, wat ruim een uur rijden is vanaf hier. Bovendien staat je auto hier. Als je bij ons nog drie nachtjes wilt blijven, dan mag dat.'

Hannah kijkt dankbaar naar Elena. Dat scheelt weer een zoektocht en ze is vlak bij de auto wanneer deze gerepareerd is.

Elena klapt in haar handen en zegt: 'Mooi, dat is dan geregeld. Nu gaan we lekker lunchen en daarna zal ik je de winkel van Jenna en Joseph laten zien. Ga je mee lunchen, Liam?'

Liam schudt zijn hoofd en zegt: 'Ik moet hier nog een aantal dingen regelen. Is het goed als ik vanavond kom eten?'

'Natuurlijk, tot vanavond dan' zegt Elena en ze loopt met Hannah naar buiten.

Samen met Elena brengt Hannah een gezellige middag door in het dorp. Wanneer ze terug zijn bij Elena en Louis thuis, helpt ze mee met het bereiden van het avondeten. Liam komt binnen op het moment dat alles op tafel gezet wordt. Een gezellige maaltijd volgt en Liam vraagt aan Hannah wat ze zoal al gezien heeft in het dorp. Hannah vertelt over het park, musea en fonteinen die ze zijn tegengekomen waar Elena allemaal leuke feitjes over wist te vertellen. Er zou ook een legende zijn over het dorp, maar hoe die precies gaat, wist Elena niet meer.

'Elena zei dat ik dat beter aan jou kon vragen. Dus kun jij meer over de legende vertellen?' vraagt Hannah.

Liam lacht en kijkt hoofdschuddend naar zijn oma, die met een veelzeggende glimlach op haar mond het gesprek volgt.

'Oma weet de legende net zo goed als ik. Zij heeft de legende aan mij verteld.'

Liam neemt een slok van zijn drinken en begint: 'Lang geleden woonden er nog niet zoveel mensen hier. Op een dag gebeurde er iets vreemds. Daniel, de zoon van burgemeester Tom, was verdwenen en hij was nergens te vinden. Dag en nacht werd er gezocht naar Daniel, maar na een week werden de zoektochten minder tot ze helemaal ophielden. Tom kon dat niet aan en vertrok op eigen houtje om Daniel te zoeken. Hij had zijn vrouw al verloren en nu was zijn enige kind vermist. Tom reed dag en nacht, maar Daniel bleef onvindbaar. Radeloos van verdriet ging Tom tegen een steen aan zitten en bad dat Daniel heelhuids terug zou komen. Inmiddels was het donker geworden en besloot Tom daar te overnachten, waar het redelijk beschut was. Die nacht droomde hij over Daniel, die vertelde dat hij een fantastisch avontuur had meegemaakt en hem kwam zoeken. Toen Tom wakker werd, kon hij zijn ogen niet geloven. Daar zat Daniel, heelhuids teruggekeerd. Daniel vertelde dat hij een vreemdeling was tegengekomen die hulp nodig had. Een beest belaagde zijn huis en hij kon hem maar niet vangen. De vreemdeling had een portaal laten zien naar een andere wereld, waar het beest zijn huis belaagde. Uiteindelijk was het gelukt om het beest te doden en als dank werd hem een munt aangeboden, die het portaal kon activeren om hem te bezoeken. Tom vond het maar een raar verhaal, maar dat kon hem niks schelen: Daniel was weer thuis. Inmiddels werd er een nieuwe burgemeester in het dorp gekozen, Morris, maar die was zeker niet zo rechtvaardig als Tom. Al snel leefden de mensen in angst en hadden soldaten het dorp overgenomen. Toen Tom en Daniel terugkeerden naar het dorp, werden ze gevangengenomen. Morris was bang dat hij zijn positie kwijtraakte en wilde zijn rivaal uit de weg ruimen. Daniel wist te ontsnappen en ging hulp halen door het portaal te openen en de vreemdeling om hulp te smeken. De vreemdeling ging met Daniel mee en hielp mee om Morris te verslaan. De dorpelingen gaven een groot feest ter ere van de vreemdeling, die de dag daarna verdwenen was. Op het feest vertelde Daniel over zijn avonturen en wilde de munt laten zien, maar hij kon hem nergens meer vinden. Algauw cirkelde het verhaal van de avonturen van Daniel rond, dat er een munt zou bestaan die een portaal naar een andere wereld kon openen. Veel mensen kwamen hun geluk beproeven om de munt te zoeken, maar niemand kon de munt vinden.

Liam neemt nog een slok van zijn drinken en vervolgt: 'Dit verhaal, deze legende, wordt al jaren van generatie op generatie verteld, maar niemand weet meer wat waar is en wat niet. De munt waarover gesproken wordt, is nooit meer teruggevonden.' Hij zet zijn beker op tafel neer en kijkt Hannah aan. Hannah heeft geboeid zitten luisteren naar het verhaal en draait gedachteloos haar haren om haar vinger heen. Dan haalt Liam iets uit zijn broekzak en legt het op tafel. Hannahs blik wordt ernaartoe getrokken en haar ogen worden groot: het is een oude munt, verweerd en vol krassen. Het is niet een munt die Hannah herkent. Ze kijkt naar Liam en vraagt: 'Waar heb je deze gevonden?'

'Toen ik klein was, zijn mijn ouders en ik weleens gaan wildkamperen, hier in de bergen. Deze munt heb ik gevonden bij een stel stenen op een open plek. Destijds geloofde ik dat het de munt van de legende was en heb ik deze meegenomen om hem aan oma te laten zien. Ze zei dat ik de munt maar goed moest bewaren en dat heb ik gedaan. Nu denk ik niet meer dat het de munt van de legende is, maar het blijft een mysterie waar hij vandaan komt. Ik heb onderzoek gedaan naar oude munten online, maar ik kan deze munt nergens plaatsen. Dus ik heb de munt altijd bij me als een soort geluksbrenger,' vertelt Liam.

Hannah kijkt naar de munt en pakt deze op om de andere kant te bekijken. De krassen zijn diep en de munt is vies, maar toch kan de munt haar aandacht vasthouden. Geïntrigeerd bekijkt ze de munt aan alle kanten en geeft deze weer terug aan Liam. Hij pakt de munt aan en stopt deze weer in zijn broekzak. Intussen zijn Louis en Elena in de keuken bezig met koffie en thee. Na nog een kop koffie gaat Liam weer naar huis en Hannah gaat naar haar logeerkamer. Daar denkt ze nog eens goed na terwijl ze de boekingen van Italië cancelt. Gelukkig is ze op tijd en krijgt ze het volledige bedrag terug. De boeking in de bergen is helaas te laat, maar na een uitleg krijgt ze toch de helft van de kosten terug. Tevreden klapt Hannah haar laptop dicht en gaat naar bed.

Hoofdstuk 3

De volgende dag neemt Elena Hannah mee door het dorp en brengen ze een bezoek aan de winkel van Jenna en Joseph. Jenna staat in de winkel wanneer Elena en Hannah binnenkomen.

'Mam, wat een verrassing' zegt Jenna.

'Ik kom iemand aan je voorstellen' zegt Elena tegen haar dochter. 'Dit is Hannah. Hannah, dit is mijn dochter Jenna.'

Hannah steekt haar hand uit en schudt de hand van Jenna.

'Aangenaam kennis met je te maken, Hannah,' glimlacht Jenna. 'Hoe hebben jullie elkaar leren kennen, mam?' vraagt ze aan haar moeder.

'Twee dagen geleden reden je vader en ik naar huis in die stortregen, toen we Hannah met pech langs de kant zagen staan. Sindsdien logeert ze bij ons. Liam is op het moment bezig om haar auto te repareren,' vertelt Elena met een glimlach.

'Dat is niet best' zegt Jenna bezorgd. 'Kan je auto wel gerepareerd worden?'

'Gelukkig wel' zegt Hannah opgelucht. 'Anders had ik niet geweten wat ik had moeten doen. De navigatie van mijn telefoon deed het niet meer en door die regen zag ik niet waar ik reed. En toen stond ik ineens vast. Ik ben echt heel blij dat Elena en Louis langskwamen, anders had ik in de auto moeten slapen, denk ik.'

'Moest je hier in de buurt zijn?' vraagt Jenna.

Hannah knikt en zegt: 'Ja, in het dorp Giffers had ik een Airbnb geboekt. Alleen door de regen heb ik het bord van de afslag gemist en ben ik te ver gereden. Ik ben heel blij dat Elena en Louis niet lang daarna langskwamen.'

'Ja, mijn zoon is erg handig met auto's,' vertelt Jenna trots. 'Als klein kind was hij al niet weg te krijgen uit de garage, dus hij heeft het perfecte beroep gekozen.'

'Wij gaan zo lunchen, heb je zin om mee te gaan, Jenna?' vraagt Elena. Jenna overlegt even kort met Joseph, die net vanuit het kantoor de winkel binnen komt gelopen. Joseph geeft Hannah een hand. Hij vindt het geen probleem om even op de winkel te passen. Een echtpaar komt binnenlopen en Joseph loopt naar hen toe met de vraag of hij hen ergens mee kan helpen. Jenna gaat met Elena en Hannah mee lunchen en neemt daarna weer afscheid, zeggend dat ze terug moet om Joseph te helpen.

Na een gezellige middag en samen met Louis en Elena te hebben gegeten, trekt Hannah zich terug op de logeerkamer en belt haar ouders op. Gelukkig neemt haar vader op. Hannah vertelt van de autopech en het geen bereik hebben op haar telefoon. Naast dat ene bericht had ze niks meer laten weten, dus haar moeder is erg opgelucht dat ze belt. Na alles te hebben uitgelegd, haar ouders ervan verzekerd te hebben dat ze oké is en dat alles geregeld is met verzekeringen en accommodaties, hangt Hannah de telefoon op en valt direct in slaap.

De volgende dag wordt Hannah wakker van een klopje op haar slaapkamerdeur.
     'Hannah? Ben je wakker? Liam is er met een update over je auto,' zegt Louis door de deur heen.
     'Ik kom er zo aan' zegt Hannah en staat snel op. Vlug kleedt ze zich aan en poetst haar tanden. Wanneer ze beneden komt, ziet ze Liam al aan tafel zitten.
     'Goedemorgen,' groet ze terwijl ze snel een kop thee voor zichzelf inschenkt en een broodje maakt.
     'Goedemorgen,' zegt Liam. Hij neemt een slok van zijn koffie. 'Ik heb je auto hier voor de deur neergezet. Hij is weer helemaal klaar voor het vervolg van je reis.'
     Hannah, die probeert zo snel mogelijk een broodje weg te eten, mindert vaart en kijkt Liam dankbaar aan. Ze gaat aan tafel zitten en vraagt:
     'Ik kan je niet genoeg bedanken. Moet ik verder nog iets regelen? Ik heb contact gehad met de verzekeraar en alles kan ingediend worden gelukkig.'
     Liam knikt en neemt nog een slok van zijn koffie.

'Klopt, die papieren zijn al ingediend, dus maak je geen zorgen daarover. Ik ga zo terug naar de garage. Ik heb Theo alleen achtergelaten en op een dag als deze kan het weleens erg druk worden met het standaard nakijkwerk.'

Liam staat op en schuift de autosleutels van Hannah over de tafel naar haar toe. Hij drinkt snel de laatste slokken van zijn koffie op en gaat weer terug naar de garage.

De volgende dag stapt Hannah vroeg in de auto en begint de reis naar haar volgende bestemming. Gelukkig staat er geen file en kan ze goed doorrijden. Wanneer ze door de bergpassen heen rijdt, hoort ze iets rammelen in de auto. Wat raar, denkt ze en ze besluit bij het eerstvolgende dorp te stoppen om te kijken waar het geluid vandaan komt. Niet lang daarvoor was ze een bord gepasseerd dat het eerstvolgende dorp vijf kilometer verderop ligt. Hannah rijdt het dorp binnen en zoekt een parkeerplaats op.

Eenmaal geparkeerd zoekt Hannah in de auto. Het rammelende geluid leek van achter haar te komen. Ze voelt onder de bestuurdersstoel en haar vingers sluiten zich om een klein metalen voorwerp. Ze haalt haar hand naar zich toe en kijkt wat ze gevonden heeft. Het is de munt die Liam haar liet zien, toen hij de legende aan het vertellen was. Ze kijkt er verbaasd naar. Die moet Liam verloren hebben. Besluiteloos staat ze met de munt in haar handen. Wat gaat ze ermee doen? Zijn nummer heeft ze niet en de nummers van Louis en Elena heeft ze ook niet. Hannah kijkt om zich heen en ziet dat ze aan de rand van het dorpsplein geparkeerd staat. Aan de overkant staat een museum, aan de vlaggen te zien. Hannah kijkt naar de munt, dan naar het museum en neemt een besluit: Eerst gaat ze naar het museum om te kijken of iemand daar toevallig iets meer weet, en daarna gaat ze Liam bellen dat ze de munt gevonden heeft. De garage zal vast een telefoonnummer op de website hebben staan. Hannah stopt snel de munt in haar zak, steekt het dorpsplein over en loopt het museum in. Eenmaal binnen vergaapt ze zich aan de grootte van de hal: deze is enorm. Het licht dat door de glas-in-loodramen valt, maakt dat een kleurenschouwspel zich afspeelt op de muren. Naast de ticketbalie hangt een dinosaurusskelet dreigend boven de ingang, erover wakend dat iedereen zich goed gedraagt.

Hannah loopt naar de ticketbalie en vraagt: 'Is er iemand aanwezig die mij iets meer kan vertellen over oude munten?'

De medewerkster, Joyce volgens haar naambordje, glimlacht en zegt: 'Jazeker. In dit museum hebben we meerdere archeologen die onderzoek doen voor dit museum en nu gidsen zijn voor onze collectie. Op dit moment is alleen Charlie aanwezig. Ik zal even bellen of hij tijd heeft. Momentje graag.'

Ze pakt de telefoon op en draait een nummer. Hannah wacht rustig en kijkt in de hal nog een keer goed rond. Naast het skelet staan verschillende pilaren met sieraden en eetgerei met informatiebordjes. Hannah hoort voetstappen en ziet een man van in de 50 op haar af komen lopen. Zijn bruine korte haar is achterovergekamd. Hij heeft een zwarte coltrui en een grijze spijkerbroek aan. Onder zijn spijkerbroek ziet ze een paar bruine puntschoenen uitkomen. De man komt op haar hooghartig en arrogant over. Hij stopt vlak bij haar en steekt zijn hand uit.

'Hallo, mijn naam is Charlie en ik ben archeoloog en gids in dit museum.'

'Aangenaam, mijn naam is Hannah.'

Hannah schudt de hand van Charlie die een slappe, klamme hand geeft.

'Zullen we even naar mijn kantoor gaan? Ik begreep dat je een voorwerp hebt waarvan je meer wilt weten,' zegt Charlie terwijl hij met zijn hand gebaart welke kant ze op moet lopen. Hannah loopt naast hem mee en knikt.

'Ja, klopt. Een vriend van mij heeft een oude munt gevonden en ik zou graag willen weten uit welke periode deze komt,' zegt ze. Misschien moet ze haar mening over hem heroverwegen, denkt ze bij zichzelf. Zo arrogant klinkt hij niet.

'Dan ben je aan mij bij het juiste adres, toevallig ben ik gespecialiseerd in oude munten. Mag ik het voorwerp zien?'

Inmiddels zijn ze bij het kantoor van Charlie aangekomen en hij neemt plaats achter zijn bureau. De planken achter zijn bureau puilen uit met papieren en allerlei vreemde beeldjes die ze nog nooit eerder heeft gezien. De rest van zijn kantoor oogt schoon en redelijk opgeruimd, op hier en daar een stapel papieren na. Hannah gaat in een van de stoelen voor zijn bureau zitten en haalt de munt uit haar jaszak. Ze aarzelt even en legt dan de munt in het midden van het bureau neer. Charlie pakt de munt op en bekijkt deze aan alle kanten. Na een tijdje haalt hij een vergrootglas tevoorschijn en loopt met de munt naar de lamp toe om beter licht te hebben.

'Zo'n munt als deze heb ik nog nooit eerder gezien' zegt hij zachtjes. Hannah moet zich naar hem toe buigen en haar oren spitsen om hem te kunnen verstaan.

'Qua oudheid stamt deze munt nog uit een periode van voor de Grieken en Romeinen. Deze munt is een fortuin waard. Als je de precieze waarde wilt weten, kun je hem hier achterlaten. Dan neem ik contact met je op zodra ik de waarde weet.'

Charlie geeft de munt aan Hannah terug met een vragende blik in zijn ogen. Hannah neemt de munt aan en laat deze in haar jaszak glijden.

'Nee, dank u,' zegt ze terwijl ze opstaat. 'De munt is niet mijn eigendom. Ik zou eerst toestemming moeten vragen van de eigenaar voordat ik deze munt achter kan laten.' Ze loopt naar de deur terwijl Charlie om zijn bureau heen loopt in haar richting.

'Dan ga ik maar weer, hartelijk dank voor uw tijd,' zegt ze terwijl ze haar hand naar hem uitsteekt die Charlie schudt.

'Geen enkel probleem,' zegt Charlie gladjes. 'Wanneer er nog meer vragen zijn of je wilt de waarde weten: ik ben hier dagelijks. Je mag altijd binnenlopen en vragen naar mij.'

'Dank u hartelijk voor uw tijd en wie weet tot ziens,' zegt Hannah en ze loopt het kantoor uit.

Wat een vreemde man, denkt Hannah, terwijl ze peinzend naar de uitgang loopt. Ze werpt een blik over haar schouder en ziet dat Charlie haar nakijkt. Ze steekt haar hand op en loopt het museum uit. Wanneer ze terug in de auto zit, haalt Hannah een paar keer diep adem en zoekt op haar telefoon het telefoonnummer van de garage van Liam op. Gelukkig neemt hij na een paar keer overgaan op.

'Liam, je spreekt met Hannah. Ben ik blij dat je de telefoon opneemt!' zegt Hannah opgelucht.

'Hannah, is alles goed met je? Is de auto weer kapot?' vraagt Liam bezorgd.

'Nee, alles is prima en de auto heeft nog nooit beter gelopen. Ik heb je munt gevonden,' zegt Hannah. 'Ik hoorde iets rammelen achterin en ik ben bij het eerste dorp dat ik zag gestopt om te zoeken. Toen zag ik dat ik vlak bij een museum stond en ben ik naar binnen gelopen in de hoop dat ze me wat meer over de achtergrond konden vertellen. De man die ik gesproken heb, Charlie, is gespecialiseerd in oude munten. Blijkbaar komt deze munt van voor de tijd van de Grieken en Romeinen en is hij veel geld waard.'

'Rustig aan, je ratelt,' probeert Liam haar te kalmeren. 'Waar ben je nu? Zie je kans om naar de garage te rijden?'

'Ja, dat moet lukken. Ik zal de navigatie aanzetten en dan rij ik zo naar de garage toe. Ik zal je een berichtje sturen, dan heb je mijn nummer ook meteen. Wat is je mobiele nummer?' vraagt Hannah aan Liam.

Liam geeft zijn mobiele nummer en Hannah zet haar telefoon op speaker om het nummer meteen op te slaan. Ook kijkt ze meteen hoe ver het rijden is naar de garage.

'Oké, het is een uur en tien minuten rijden. Dan vertrek ik nu en zie ik je straks' zegt Hannah tegen Liam.

Liam zegt dat hij op haar zal wachten en hangt op. Hannah kijkt in de achteruitkijkspiegel om te zien of ze veilig kan keren en draait de auto. Dan stuurt ze de auto naar de grote weg en gaat op weg naar de garage.

Hoofdstuk 4

Wanneer Hannah terugkomt bij de garage, staat Liam al op de uitkijk. Als ze parkeert, ziet ze hem naar buiten lopen. Nu pas kan ze de garage goed in zich opnemen; de vorige keren dat ze hier was, had ze alleen oog voor haar auto. De garage ziet er goed onderhouden uit: een pas geverfde gevel, grote deuren en ze kan door de goed geordende shop de werkplaats aan de achterkant zien. Inmiddels staat Liam bij de auto en wacht tot ze uitstapt. Snel doet ze de deur open en stapt uit.

'Sorry dat ik je van je werk afhoudt; ik hoop dat je het niet al te druk hebt,' zegt Hannah wanneer ze samen naar het kantoor van Liam lopen.

'Helemaal niet, Theo kan dit wel alleen aan. Wanneer hij me nodig heeft, roept hij wel,' zegt Liam en ze gaan in de stoelen bij zijn bureau zitten. Hannah legt de munt op zijn bureau en Liam pakt hem op. Peinzend draait hij de munt in zijn handen.

'Waar heb je hem nou precies gevonden?' vraagt hij terwijl hij de munt ophoudt. Hannah vertelt het hele verhaal, van wanneer ze de munt gevonden heeft tot ze naar hem opbelde.

'Ik weet niet wat ik nou precies van die Charlie vind. Ik kreeg niet helemaal hoogte van hem,' peinst Hannah, terwijl ze achterover leunt en haar been onder zich trekt. Intussen bekijkt Liam de munt wat beter vanuit verschillende hoeken.

'Die krassen zijn eigenlijk ook maar raar,' zegt hij terwijl hij opstaat en in het licht van de lamp gaat staan om de munt beter te kunnen bekijken.

'Denk je dat dat een aanwijzing zou kunnen zijn?' vraagt Hannah die naast hem gaat staan.

'Wie weet, misschien wel,' mompelt Liam terwijl hij de munt in zijn handen draait. Uiteindelijk geeft hij het op; hij kan er niks van maken en zakt weer in zijn bureaustoel.

'Waar is de wc?' doorbreekt Hannah het stilzwijgen. Inmiddels moest ze zo nodig, dat het pijnlijk werd. Ze had er niet meer aan gedacht om in het museum naar de wc te gaan en eigenlijk zou ze nu al een flink eind op weg moeten zijn naar de volgende bestemming. Liam staat op en wijst door de gang naar het eind.

'Einde van de gang, de laatste deur aan je linkerhand,' zegt hij terwijl Hannah al opstaat om te gaan lopen. Wanneer ze terugkomt, staat Liam weer bij de lamp de munt te bestuderen. Uiteindelijk gooit hij gefrustreerd de munt op tafel en zakt neer op zijn bureaustoel, waar hij met gesloten ogen tegen de rugleuning leunt. Hannah pakt de munt op en bekijkt de krassen nog eens goed. Die zijn niet zomaar met een mes aangebracht. Het lijkt wel of deze krassen daar horen.

'Waar zei je dat je deze munt ook weer hebt gevonden?' vraag Hannah terwijl ze de munt vasthoudt.

'In de buurt van Valsainte, daar hebben mijn ouders en ik vroeger veel gekampeerd. Tijdens een van onze wandeltochten heb ik deze munt gevonden op een open plek. Die open plek zou ik nog wel terug kunnen vinden; die had stenen in een rare formatie staan,' mompelt Liam met gesloten ogen. Ineens opent hij zijn ogen en kijkt Hannah aan.

'Laten we daarheen gaan om te kijken of we iets van een aanwijzing kunnen vinden,' zegt hij opgewonden. Hannah kijkt hem aan en grijnst.

'Je hebt mijn gedachten gelezen. Wanneer zou je weg kunnen bij de garage?' vraagt ze, inmiddels zittend op een stoel.

'De eerstvolgende dagen wordt dat lastig, maar daarna zou Theo het wel alleen afkunnen. Dat heeft hij al vaker gedaan,' zegt Liam terwijl hij snel de computer opstart om de agenda te controleren. 'Ik zet er meteen in dat ik afwezig ben, dat laat ik hem ook gelijk weten.'

Er wordt op de deur geklopt en Liam kijkt op. Door de ramen heen ziet hij Theo staan.

'Binnen!' roept hij en de deur gaat open. Theo loopt naar binnen en blijft vlak bij het bureau van Liam staan.

'Liam, alle auto's zijn klaar en de kassa is geteld. Jij bent de laatste die weggaat. Alleen de lampen moeten nog uitgedaan worden,' zegt hij. Nu pas ziet Hannah dat Theo zijn jas al aan heeft. Ze kijkt op de klok en beseft dat het allang na sluitingstijd is.

'Bedankt voor het afsluiten, Theo. Goed dat ik je nog zie, over een paar dagen ben ik afwezig in de garage. Het lukt jou wel om de boel draaiende te houden, toch?' zegt Liam terwijl hij vragend naar Theo kijkt. Theo gaat iets rechterop staan en krijgt een zelfverzekerde blik in zijn gezicht.

'Zeker wel, er zijn nog genoeg dingen om te doen,' zegt hij. Theo draait zich om en loopt naar de deur.

'Nog een fijne avond beiden,' zegt hij en hij loopt de deur uit.

'Jij ook!' roept Liam hem achterna en Theo steekt zijn hand op.

Liam kijkt naar Hannah en zegt: 'Is het een idee om de komende dagen bij mij te slapen? Ik heb een extra logeerbed en plek genoeg.'

'Als ik jou niet voor de voeten loop, vind ik dat een prima idee. De komende dagen zal ik kijken of ik die open plek terug kan vinden via Google Maps. Wie weet hebben we geluk,' zegt Hannah en ze staat op. Liam staat ook op en samen lopen ze de garage uit. Ze halen de koffers uit Hannahs auto en brengen die naar het appartement van Liam, boven de garage. Hannah installeert zich op de logeerkamer, terwijl Liam een snelle maaltijd in elkaar zet. Na het eten begint Hannah te gapen en gaat naar bed. Niet lang daarna is ze al in slaap gevallen.

Een paar dagen later is Liam klaar om met haar mee te reizen. Hannah heeft in die dagen haar best gedaan om de open plek terug te vinden, maar tot dan toe zonder geluk. Ook heeft ze al haar plannen gecanceld en gelukkig alle aanbetalingen teruggekregen. Na zo'n start van de vakantie heeft ze besloten alles te cancelen en te zien wat er gebeurt. Tot dan toe is nog niks volgens plan gegaan, dus kan ze beter niet het risico lopen dat de rest van haar zuurverdiende geld alsnog de goot in gaat als de plannen weer wijzigen. Liam heeft, tot haar grote verbazing, geen eigen auto; alleen een auto van de garage die hij gebruikt om onderdelen en kapotte auto's op te halen. Daarom besluiten ze met de auto van Hannah te gaan. Algauw zijn ze op weg.

Liam heeft kunnen achterhalen bij zijn ouders waar ze dat jaar gekampeerd hadden en hij had gelijk dat het in de buurt blijkt te zijn van het dorp waar Hannah naar het museum geweest is. In dat dorp is een hotel geboekt. Dan kunnen ze de omgeving verkennen in de hoop de open plek terug te vinden.

Eenmaal in het dorp parkeren ze vlak bij het hotel en checken vast in. De kamers zijn voor een volle week geboekt met de optie om meer dagen bij te boeken, mocht dat nodig zijn. Nadat ze de koffers op hun kamers hebben afgezet, vertrekken Hannah en Liam richting een gidskantoor om daar verschillende wandelroutes op te halen. Liam bestudeert ze allemaal. Uiteindelijk brengt hij het aantal routes terug naar drie; allemaal goed te belopen. De start is aan de rand van het dorp. Bewapend met veel drinken en wat te snacken, besluiten Hannah en Liam één route per dag te lopen.

Tijdens het lopen, merkt Hannah dat ze last krijgt van blaren. Ze probeert het niet te laten merken, maar intussen kent Liam haar wel een beetje en ze weet dat ze dit niet lang verborgen kan houden. Bij elke stap komt ze minder snel vooruit en Liam houdt hetzelfde tempo aan, waardoor er een steeds groter gat ontstaat.
'Liam, die blaren zitten in de weg met lopen,' biecht Hannah op en er valt een last van haar af dat ze dat kon uitspreken. Liam kijkt achterom en zet een vragend gezicht op.
'Zullen we dan om de zoveel tijd heel even uitrusten?' stelt hij voor. 'Op die manier kunnen je voeten even rusten en zakt de pijn misschien een beetje. Als het niet meer gaat, moet je dat echt zeggen hoor, dan stoppen we even.'
'Kunnen we dan nu even stoppen?' vraagt Hannah zacht en ze voelt haar gezicht rood worden. Ze kijkt vluchtig naar Liam en staat zenuwachtig met haar handen te wriemelen. Liam kijkt om zich heen en spot een omgevallen boomstam niet ver van het pad.
'Daar even gaan zitten?' vraagt hij, wijzend naar de boomstam. Als antwoord loopt Hannah er meteen naartoe en laat zich op de boomstam zakken. Ze strekt haar benen en ze voelt de druk op

haar voeten afnemen. Ze sluit haar ogen en geniet van de rust. Ze voelt dat Liam naast haar komt zitten en ze kijkt hem aan.

'Dank je,' zegt ze en Liam draait zijn hoofd naar haar toe.

'Maak je er geen zorgen om, iedereen heeft weleens blaren,' zegt hij en hij zet zijn handen achter zich neer om wat relaxter te gaan zitten. De zon schijnt fel en wordt door het bladerdak een beetje tegengehouden. Een paar zonnestralen vallen op hen neer en Hannah ontspant. Ze eten en drinken wat, waarna ze langzaam weer overeind komt om de tocht door te zetten.

'De tocht van morgen is ongeveer dezelfde afstand. Gaat dat lukken denk je?' vraagt Liam.

'Als we tussendoor even kunnen stoppen en zitten, moet het denk ik wel lukken. Alleen zijn we dan wel veel langer onderweg,' zegt Hannah en ze kijkt Liam aan. 'Vind je dat heel erg?'

'Natuurlijk niet,' zegt Liam meteen. 'Morgen wordt het weer een mooie dag, dan doen we er maar iets langer over. Ik vind dat echt niet erg.' Hannah glimlacht en langzaam zetten ze de tocht weer voort.

Twee dagen en twee routes later begint de moed bij Hannah in de schoenen te zakken. Dadelijk is die derde route ook niet de juiste en moeten ze alle routes bewandelen om erachter te komen waar die open plek was. Tijdens het avondeten probeert Liam Hannah een beetje op te vrolijken, maar de vermoeidheid is bij hem ook te merken. Eenmaal op haar kamer bestudeert Hannah haar voeten, waar de blaren steeds groter worden. Vermoeid besluit Hannah een bad te nemen en de volgende dag eerst langs de apotheek te gaan voor pleisters en andere benodigdheden, voordat ze aan die tocht beginnen. Na een ontspannen bad valt Hannah meteen in slaap wanneer haar hoofd het kussen raakt.

'Au, die blaren doen echt zeer,' zegt Hannah kreunend tegen Liam, terwijl ze tegenover hem aan de ontbijttafel gaat zitten. Een kop thee tussen haar handen klemmend, vraagt ze: 'Zit hier ergens een apotheek in de buurt waar ik wat spullen kan halen voordat we aan de tocht gaan beginnen?'

'Ja, iets verder het dorp in, geloof ik. Daar kunnen we na het ontbijt wel heen gaan. Weet je zeker dat het gaat? Ik kan de tocht ook alleen lopen als je liever hier blijft,' zegt Liam terwijl hij haar onderzoekend aankijkt. Hannah schudt koppig haar hoofd, ook al voelt het alsof er steeds meer blaren op haar voeten verschijnen.

'Nee, ik ga mee. We hadden afgesproken dat we de routes samen zouden lopen, dus dat gaan we ook doen,' zegt ze resoluut. Liam knikt en zwijgend eten ze snel hun ontbijt op. Wanneer ze klaar zijn, staat Hannah voorzichtig op en samen lopen ze naar de apotheek, wat veel langer duurt dan gedacht. Eenmaal binnen loopt Hannah naar de pleisters en zalfjes en begint ze te bestuderen.

'Kan ik u ergens meehelpen?' vraagt de winkelbediende vriendelijk.

'Graag. Ik heb een aantal blaren en ik ben op zoek naar de juiste middelen om ze te behandelen, aangezien we vandaag weer een wandeltocht gaan lopen,' zegt Hannah.

De winkelbediende kijkt even naar haar en haar schoenen, die ze pas nieuw heeft aangeschaft voor ze op vakantie ging. Daarna draait hij zich naar het rek en begint verschillende zalfjes, pleisters en tape van de rekken af te halen.

'Dat zijn nieuwe schoenen of niet? Heb je ze ingelopen voordat je aan de langere wandelingen begon?' vraagt hij aan Hannah.

'Ja, dat klopt. Nee, dat heb ik niet gedaan,' zegt Hannah terwijl ze naar de kassa lopen.

'Voor een volgende keer: dat kun je beter wel doen. Daarmee voorkom je blaren,' zegt de winkelbediende en hij overhandigt haar de spullen. Hannah rekent af en samen met Liam lopen ze weer naar buiten. Hannah gaat zitten op het eerste beste bankje dat ze ziet en begint pleisters over haar blaren heen te plakken. Even later gaat ze weer staan en zet een paar stappen. Veel beter en zo goed als geen pijn.

'Oké, ik ben er klaar voor,' zegt ze tegen Liam en samen vertrekken ze naar de route.

Een paar uur later zijn ze nog geen open plek tegengekomen en beginnen de blaren van Hannah weer op te spelen.

'Nog even en we zijn aan het einde. Ik heb al een paar stukken herkend,' zegt Liam opbeurend. 'We hoeven nog maar twee kilometer en dan zijn we weer terug aan de start.'

Hannah zucht, maar loopt door. Die twee kilometer kunnen er dan ook nog wel bij. Na tien minuten blijft Liam plotseling staan en kijkt goed om zich heen.

'Wat is er? Zie je iets wat je herkent?' vraagt Hannah, blij om even stil te staan. Als antwoord verdwijnt Liam tussen de bomen. Hannah volgt verbaasd en na een paar minuten takken opzij te hebben geduwd, stapt ze een open plek in. Het zonlicht schijnt door de takken heen en ze ziet Liam bij een aantal stenen staan. Ook ziet ze een ander pad rechts van de open plek, als ze achterom kijkt ziet ze dat het pad waar ze vandaan komen bijna niet te zien is.

'Hoe wist je dat je hierheen moest?' vraagt ze aan Liam terwijl ze naast hem gaat staan. Liam haalt zijn schouders op.

'Ik was aan het bedenken waar ik die open plek gevonden had. Het pad dat we vandaag bewandeld hebben, herkende ik op bepaalde punten. Ook wist ik nog dat ik van het pad afgedwaald was en dat mijn ouders mij riepen. Ik probeerde terug te komen en stuitte op deze open plek, waar mijn ouders me uiteindelijk gevonden hebben toen ik hen riep. Doordat ik moest blijven waar ik was, heb ik de open plek verkend en zag ik de munt achter een van de stenen half uit het zand steken,' vertelt Liam. Hij staat bij een van de grootste stenen en wijst ernaar. 'Deze steen.'

Hannah zakt door haar knieën om de steen goed te kunnen bekijken, maar voor zover ze kan zien, ziet ze niets bijzonders.

'Weet je wat, laten we teruggaan naar het hotel en wat uitrusten. Dan komen we morgen terug. We weten nu waar het is.'

Liam knikt en samen lopen ze terug naar de weg, vanwaar ze snel de weg naar het dorp terugvinden.

Hoofdstuk 5

Eenmaal terug in het dorp zoeken Hannah en Liam een restaurant om wat te eten en te rusten. Daar is Hannah echt aan toe; ze hadden niet veel meer gegeten sinds dat ze die ochtend vertrokken waren, ondanks dat ze wat snacks meegenomen hadden. De blaren op haar voeten zijn nog pijnlijker geworden, al blijven de pleisters goed zitten. Ze besluit de pijn zoveel mogelijk uit haar gedachten te zetten en concentreert zich op het eten. Daarna blijven ze nog even aan tafel zitten en bestellen wat wijn.

'Mag ik de munt nog een keer zien?' vraagt Hannah aan Liam, terwijl de ober de wijn op tafel zet. Liam haalt de munt uit zijn broekzak en geeft die aan Hannah. Ze neemt de munt aan en legt hem voor zich op tafel. Ze staart ernaar en Liam kijkt vragend naar Hannah.

'Probeer je telepathisch antwoorden uit die munt te trekken?' vraagt hij grinnikend, terwijl hij tegen zijn stoel aan leunt en een slok neemt van zijn glas. 'De wijn is heerlijk, die moet je echt even proeven.'

Gedachteloos reikt Hannah naar haar glas en brengt dat naar haar mond. De vloeistof stroomt haar mond in en dat helpt om haar uit haar gedachten te trekken. Ineens buigt Hannah zich dichter naar de munt en begint hem vanuit allerlei hoeken te bekijken. Snel zet ze het glas weer op tafel om de munt op te pakken. Het licht in het restaurant is zacht en bijna romantisch, waardoor er een tekening op de munt zichtbaar wordt.

'Liam, kijk!' fluistert ze enthousiast terwijl ze de munt over de tafel schuift. 'Zie jij dat ook? Het lijkt wel een tekening. Wat denk je dat dat betekent?' Liam neemt de munt op en buigt zich naar de tafel toe, om de munt in verschillende hoeken van het zachte licht te kunnen bekijken. Ineens ziet hij het ook; de krassen vormen lijnen die allemaal op één punt bijeen komen. Opgewonden kijkt hij Hannah aan.

'Dit is me nooit eerder opgevallen, ook al heb ik de munt nog zo goed bekeken,' zegt hij en legt hem weer op tafel.

'Laten we na dit drankje teruggaan naar het hotel en dan morgen na het ontbijt weer naar de open plek gaan,' stelt Hannah voor.

'Goed plan,' zegt Liam en wanneer de wijn op is, betalen ze de rekening. Wanneer ze het restaurant uit lopen, ziet Hannah uit haar ooghoek iemand zitten die veel lijkt op de man uit het museum. Ze draait haar hoofd en ziet hem inderdaad zitten, samen met nog twee andere mannen aan een tafel. Hannah denkt niet dat hij haar ook heeft gezien en loopt achter Liam aan het restaurant uit.

'Ik zag die man die ik in het museum gesproken heb net ook daar aan de tafel zitten,' zegt ze terwijl ze naast Liam in dezelfde pas valt. Liam kijkt haar verrast aan.

'Al denk ik niet dat hij mij ook gezien heeft,' zegt Hannah schouderophalend. Samen lopen ze terug naar het hotel.

Na een goede nachtrust en een flink ontbijt, staan Hannah en Liam klaar om weer terug te keren naar de open plek. Gisteren zijn ze erachter gekomen dat de route naar de open plek helemaal niet ver weg is van het dorp, dus ze zetten er weer flink de pas in. De route naar de open plek bevat veel bochten en is nauwelijks zichtbaar als je niet weet dat daar een pad loopt. Hannah loopt achter Liam aan over het pad, wanneer ze achter zich een tak hoort breken. Ze draait zich om en tuurt het pad af. Ze ziet niets en denkt: ik zal het me wel verbeeld hebben. Hannah heeft zich net half omgedraaid als ze weer een tak hoort breken, ditmaal wat dichterbij. Zenuwen bekruipen Hannah en snel draait ze zich om, om achter Liam aan te lopen. Liam is intussen al een eind verderop en ze moet zich haasten om hem in te halen. Zodra Hannah bij Liam is, trekt ze aan zijn mouw. Liam draait zich om en ziet een zenuwachtige Hannah staan.

'Ik denk dat we gevolgd worden,' fluistert ze terwijl ze weer achter zich kijkt. Liam kijkt naar het pad dat ze al afgelegd hebben en ziet niets.

'Ik zie niemand,' zegt hij en begint weer door te lopen. Hannah loopt vlak achter hem, maar hoort niets meer. Misschien heb ik het me toch verbeeld, denkt ze terwijl ze de zenuwen uit haar lichaam voelt trekken. Takken kunnen ook breken wanneer er niemand op staat, redeneert ze en na een tijdje lopen is ze het hele voorval weer vergeten.

Niet veel later komen ze op de open plek aan en blijven ze even stilstaan om de plek in zich op te nemen. Het wandelpad dat ernaast loopt, zie je niet vanaf de open plek. Het bos is dicht begroeid rondom de open plek, waar stenen in allerlei verschillende formaten staan, verspreid over de gehele plek.

'Denk je dat hier ergens nog een aanwijzing ligt?' vraagt Hannah aan Liam. Liam loopt de open plek op en kijkt om zich heen.

'Ja, dat denk ik wel,' zegt hij. 'Zullen we beginnen met zoeken?'

Hannah knikt en loopt naar de eerste de beste steen om die van dichtbij te kunnen bekijken. Zo verstrijken de uren en de zon zakt langzaam naarmate de dag vordert. Af en toe stoppen ze even om wat te eten en te drinken, maar gaan daarna snel weer aan de slag. Steen voor steen wordt uitgebreid onderzocht, maar een aanwijzing vinden ze niet. Hannah raakt gefrustreerd. Wanneer de zon laag staat, gaat ze somber op een steen zitten met haar hoofd in haar hand. Liam komt naast haar staan en reikt haar een fles water aan.

'We vinden vast wel iets,' probeert Liam haar op te beuren. Hannah glimlacht flauwtjes en wiebelt met haar tenen in haar schoenen. De blaren voelt ze weer in alle hevigheid opkomen, maar ze probeert er niet te veel aan te denken.

'Waar hebben we nog niet gekeken?' vraagt ze aan Liam, terwijl ze haar blik over de open plek laat gaan.

'Alleen dat donkere hoekje nog maar en dan hebben we alle stenen gehad,' zegt Liam. 'Kun je nog even doorgaan? Gaat het nog?'

'Ja, het gaat wel. Even zitten doet wonderen,' zegt Hannah en ze gaat weer staan. Samen lopen ze naar de laatste paar stenen om die van dichtbij te bekijken. Er hangt een vreemde sfeer rond deze stenen, die in het donkerste gedeelte van de open plek staan. De zon staat inmiddels zo laag aan de hemel dat die alleen de hoek nog een beetje verlicht. Na een tijdje staan ze voor de laatste steen die ze nog moeten onderzoeken. Ineens hoort Hannah weer een tak breken, waarbij er ook bladeren ritselen.

'Hoorde jij dat ook?' fluistert Hannah. Ze staat doodstil en durft zich niet om te draaien.

'Hoorde ik wat?' vraagt Liam afwezig, terwijl hij de steen goed bekijkt. 'Ik hoorde niets, het zal wel een eekhoorn of zo geweest zijn.'

Hannah is er niet gerust op, maar richt haar aandacht weer op de steen. 'Mag ik de munt nog even zien?'

Liam haalt de munt uit zijn zak en Hannah neemt die aan. Ze bestudeert de lijnen nog eens en loopt langzaam rond de steen. Die zit vol met krassen en mos, wat het moeilijk maakt om er een aanwijzing in te vinden. Hannah probeert wat mos weg te vegen, maar dat blijkt praktisch onmogelijk. Weer klinkt er geritsel, maar ze slaat er nu geen acht meer op. Haar oog is gevallen op wat krassen die als een optische illusie naar een plek wijzen.

'Hier!' zegt Hannah opgewonden en ze trekt aan Liams mouw om hem op de krassen te wijzen. Liam begint te lachen en slaat zijn armen om Hannah heen.

'Je hebt het gevonden!' zegt hij enthousiast.

Achter hen klinkt het geritsel van bladeren, voetstappen en laag gelach. Geschrokken draaien Hannah en Liam zich om. Hannah zet een stap naar achteren en valt bijna over de steen heen. Snel legt ze haar hand die de munt vasthoudt op de steen om niet om te vallen. Liam stoot tegelijkertijd met zijn been tegen de steen aan en ineens is de open plek verdwenen.

Hoofdstuk 6

Met open mond staart Hannah naar haar omgeving. Waar is ze? Hannah draait langzaam een rondje. De open plek waar ze een moment geleden stond, is volledig veranderd: de zon schijnt helder en hoog aan de hemel, heel anders dan een moment geleden, toen de zon al veel lager aan de hemel stond. Het bos staat vol in bloei en zo te zien staan ze aan de rand; rechts van hen is een open vlakte en in de verte is een kasteel te zien. Wanneer ze haar rondje bijna heeft voltooid, ziet ze aan de rand een huisje staan, waar rook uit de schoorsteen komt. Wanneer ze zich weer naar Liam draait, ziet ze dat de steen die ze aanraakten er nog staat. Ze kijkt naar Liam, die ook met open mond de omgeving in zich opneemt.

'Waar zijn we?' vraagt hij verbaasd.

'Als jij het weet, dan weet ik het ook,' antwoordt Hannah. 'Ik heb geen idee. Dit is niet het bos waar we een minuut geleden nog stonden.'

'Of juist wel,' zegt Liam langzaam. Hij wijst naar de steen die onschuldig naast hen staat. 'Dit is dezelfde steen, Hannah.'

'Liam, hoorde jij ook die voetstappen en dat gelach daarnet?' vraagt Hannah zacht terwijl ze zoekend om zich heen kijkt. Wie het ook was, ze zag niemand. Liam kijkt bedenkelijk en knikt uiteindelijk.

'Ja, ik heb het ook gehoord,' zei hij en hij stopt zijn handen in zijn broekzakken. 'Maar ik heb niet kunnen zien wie het was.'

Achter hen klinkt gestommel en de deur van het huisje gaat open. Snel draaien ze zich om en kijken naar de man die uit het huisje loopt.

'Wat staan jullie daar nog? Het is niet veilig daar, snel naar binnen,' gebiedt de man en maant hen om op te schieten. Snel lopen Hannah en Liam langs de man het huisje in. De man kijkt nog even snel om zich heen en doet dan de deur dicht.

'De wachters kunnen elk moment langskomen. Ze hadden jullie kunnen zien,' zegt hij en gaat aan tafel zitten. Hij gebaart naar de andere stoelen aan de tafel en Hannah neemt plaats. Naast haar gaat Liam zitten en hij schuift de stoel een beetje haar kant op. Dankbaar kijkt Hannah naar hem en richt haar blik dan op de man. Ze kon hem wel verstaan; het was Duits wat hij sprak, maar niet het Duits dat ze gewend was.

'Wie zijn jullie en hoe zijn jullie hier terechtgekomen?' vraagt de man bruusk. Hannah trekt een wenkbrauw op en buigt zich een stukje naar voren.

'Dit is Liam en mijn naam is Hannah. Wij zijn hier terechtgekomen door een steen aan te raken,' zegt ze. De man kijkt haar scherp aan, alsof hij haar op een leugen wil betrappen. Intussen heeft Hannah de munt nog steeds in haar hand. Ze slaat haar benen over elkaar en stopt haar hand met de munt tussen haar benen, zodat de munt niet zou opvallen. De man zucht diep en legt zijn armen op tafel.

'Ik ben Kirk,' zegt hij. 'Ik zal maar meteen alles op tafel gooien. Ik heb dit hutje hier gevonden toen ik probeerde de koning van de troon te stoten.' Hij haalt zijn schouders op. Hannah verwerkt de informatie die de man haar net gaf, maar kan er geen touw aan vastknopen.

'Waarom wil je de koning van de troon stoten?' vraagt ze. 'Is het een slechte koning? Hebben de mensen het slecht?'

'Ik wil inderdaad wat doen aan de leefomstandigheden van de mensen. De koning, Xander, is inhalig en de mensen hebben het slecht. Het weinige eten dat er nog verbouwd wordt, moet naar het kasteel als belasting. De mensen lijden honger en ik kan het niet aanzien dat de koning daar in het kasteel zit, terwijl hij de middelen heeft om de mensen te helpen. In plaats daarvan blijft hij in het kasteel en de mensen moeten zich maar redden. Dat is toch niet eerlijk.'

Gefrustreerd staat hij op en begint door de hut te ijsberen. Hannah kan het niet opbrengen om achterdochtig te zijn. Wanneer je je zo druk maakt om leefomstandigheden van anderen, kun je bijna niet slecht zijn. Intussen vertelt Kirk verder. Hij probeerde de koning te overmeesteren toen die alleen in de troonzaal was, maar hij was verzwakt door opsluiting in de kerkers en de koning wist hem neer te halen. Toen de koning riep om wachters, was Kirk gevlucht. Gelukkig zijn er mensen in het kasteel die achter hem staan, anders was hij het kasteel nooit uitgekomen. Uiteindelijk heeft hij zich een paar dagen bij mensen in huis verscholen voordat hij, verstopt op een kar die graanzakken naar de markt ging brengen, het kasteel kon verlaten. De wachters zijn nog steeds naar hem op zoek.

'Is het daarom dat je riep dat wij meteen naar binnen moesten gaan?' vraagt Liam.

'Ja, dat is precies de reden,' zegt Kirk terwijl hij met een arm zwaait. Hij gaat weer zitten en kijkt Liam aan.

'Dit huis wordt aan het zicht onttrokken door de bomen en struiken die ervoor staan. De open plek daarentegen niet; die ligt in het volle zicht van de wachters die langskomen op patrouille. Jullie hebben het kasteel in de verte gezien, neem ik aan?' Vragend kijkt hij naar Hannah en Liam en ze knikken bevestigend.

'Dat is het kasteel waar Xander verblijft. Zijn koninkrijk loopt tot de bomenrand. Ik zit nu goed verscholen in het bos, waar ik mezelf in leven kan houden door te jagen. Weer staat hij op en loopt heen en weer in de hut.

'Ik denk dat het beter is als jullie teruggaan naar de open plek en terugkeren naar huis, zoals jullie hier ook terecht zijn gekomen,' zegt Kirk. Hannah is het daar volledig mee eens en staat op, met de munt nog steeds in haar hand. Liam staat ook op en samen lopen ze achter Kirk aan naar de open plek. Kirk kijkt zenuwachtig om zich heen en gebaart dat ze door moeten lopen.

'De wachters kunnen elk moment terugkomen, snel!' zegt hij. 'Als ze jullie zien, worden jullie meteen in de kerkers gegooid.'

Hannah zet het op een lopen. Ze heeft nog geen drie stappen gezet, wanneer er hoefgetrappel klinkt en een zware mannenstem roept dat ze moeten blijven staan. De steen is nog dertig meter van hen verwijderd. Liam en Hannah zetten een sprint in. Ineens staan er drie paarden voor hen, met wachters op hun rug die dreigend naar hen kijken. Een vierde wachter staat achter hen bij Kirk en grijnst gemeen. De wachters stappen af en binden de handen van Liam, Hannah en Kirk vast, die worstelend proberen los te komen. Het touw wordt vastgeknoopt aan de zadels van de paarden en zo worden ze gedwongen mee te lopen naar het kasteel. Naast Liam en Kirk loopt er een wachter mee, als extra bewaking. Hannah probeert de knoop losser te maken door haar handen heen en weer te bewegen, maar er is geen beweging in te krijgen. Ze kijkt achterom en ziet de open plek steeds kleiner worden. Wanhopig rukt ze aan haar touw, wat haar alleen een woedende blik van de wachter oplevert. Ineens duikt Liam op de wachter die naast hem meeloopt en slaat die met een harde rechtse hoek knock-out. Dan pakt hij de dolk die aan de riem hangt en snijdt het touw door dat hem aan het paard verbindt. Razendsnel geeft hij een klap tegen het achterste van het paard, waardoor het paard steigert en angstig hinnikt. De stoet wordt tot een halt gedwongen en de wachters moeten hun uiterste best doen om niet van de paarden afgegooid te worden. Intussen snijdt Liam met een haal het touw door dat Hannah en Kirk verbindt met de paarden. Kirk neemt de dolk over van Liam en kijkt hem aan.

'Jullie moeten terug. Ga, schiet op! Ik probeer ze tegen te houden,' zegt hij en hij keert zich met de dolk naar de wachters. Liam trekt Hannah aan haar arm mee en begint te rennen.

'We kunnen hem daar niet zomaar achterlaten, we moeten hem helpen,' hijgt Hannah. Liam schudt vastberaden zijn hoofd en werpt een blik over zijn schouder.

'Doorlopen, we worden gevolgd,' zegt hij en blijft rennen. Hannah kijkt ook naar achteren en ziet dat Liam gelijk heeft. Twee wachters hebben zich losgemaakt van de worsteling en zetten de achtervolging in. Door hun uitrusting worden ze gehinderd, maar hun vastberadenheid om de ontsnapte gevangenen te vangen, maakt dat ze doorlopen. Hannah struikelt, maar weet zich staande te houden. Zo snel ze kunnen, rennen ze terug naar de open plek.

Wanneer ze terugkomen op de open plek, beginnen ze koortsachtig naar de juiste steen te zoeken.

'De steen stond ergens in die hoek,' zegt Hannah en ze wijst naar de hoek links achterin. Intussen horen ze het gerinkel van de uitrusting van de wachters, dat steeds luider klinkt. Daar zijn de wachters al.

'Heb je de steen gevonden?' vraagt Hannah met stijgende spanning in haar stem. Razendsnel laat ze haar ogen over de stenen glijden. Liam zegt niets en blijft om zich heen kijken.

'Daar, Liam!' zegt Hannah en ze rent naar de steen. Liam komt achter haar aan en staat naast haar.

'Hoe werkt dit dan?' vraagt hij, maar dan draait hij zich om en drukt zich tegen de steen. Hannah legt haar hand met de munt op de steen en kijkt achterom. Ze ziet de wachters die hun armen uitsteken om hen vast te pakken. Ze knijpt haar ogen dicht en wacht tot ze vastgepakt wordt. Langzaam doet ze haar ogen open en tot haar grote verbazing ziet ze de oude open plek weer. Dan herinnert ze zich weer dat er nog iemand op de open plek was, vlak voordat ze verdwenen.

'Liam, weet je nog dat er nog iemand hier was? Vlak voordat we op die andere plek waren?' fluistert Hannah.

Hoofdstuk 7

Hannah blijft stokstijf stilstaan. Ze hoort iemand weglopen en durft zich niet te verroeren. Ook Liam hoort het en beweegt zich niet meer. Langzaam sterven de voetstappen weg. Hannah kijkt met grote ogen naar Liam en houdt de munt stevig in haar vingers geklemd. Het metaal snijdt bijna in haar vingers, maar ze wil niet loslaten.

'Liam, dat was geen verbeelding toch? Zijn we echt net ontsnapt aan een paar middeleeuwse wachters?' vraagt Hannah. Van de zenuwen en adrenaline moet ze bijna lachen, maar ze weet zich in te houden. Liam blaast zijn adem diep uit en houdt zijn nog altijd gebonden handen voor zich.

'Nee, ik geloof niet dat dat verbeelding was,' zegt hij ten slotte en loopt naar Hannah om haar handen los te maken.

Wanneer de touwen op de grond vallen, strekt Liam zijn handen en haalt een hand door zijn warrige krullende haren. Een hand rust op zijn heupen en hij staat een beetje met zijn benen uit elkaar, alsof hij er zeker van wil zijn dat hij op de aarde staat. Daarna laat hij zijn handen zakken en steekt ze in zijn broekzakken, voor zich uit starend. 'Net zoals die voetstappen van daarnet geen verbeelding waren.'

Hannah wordt bleek en ze beseft dat ze beeft. Ze draait zich om en gaat iets verderop op een boomstam zitten, voor meer houvast.

'Wie zou dat in hemelsnaam geweest kunnen zijn? Het pad is vanaf de weg nauwelijks zichtbaar. Iemand moet ons gevolgd zijn,' zegt ze en haar ogen worden groot. 'Ik had het dus wel goed gehoord. Iemand liep al achter ons aan toen we naar de open plek liepen.'

Liam haalt zijn handen uit zijn broekzakken en komt naast haar zitten. Hij pakt een van haar handen in de zijne en kijkt haar aan.

'Het spijt me dat ik je niet geloofde, toen je zei dat we gevolgd werden,' zegt hij zacht. Hannah kijkt hem aan en geeft een zacht kneepje in zijn hand.

'Het is al goed,' zegt ze even zacht terwijl ze tegen hem aan leunt. Zo blijven ze een tijdje zitten, hand in hand.

Uiteindelijk laat Liam de hand van Hannah los en steekt zijn handen uit om haar omhoog te helpen.

'We moeten maar eens teruglopen, anders zien we dadelijk helemaal niets meer,' zegt hij en hij begint het pad naar de weg af te lopen. De zon staat laag aan de horizon en laat de hemel rood en roze kleuren. Hannah loopt achter hem aan en denkt na over wat ze zojuist heeft meegemaakt. Was dat nou echt gebeurd? Hoe kan dat? Alsof er een portaal naar een andere wereld is opengegaan. Hoe zou het nu met Kirk gaan? Is hij ontsnapt of gevangengenomen door de wachters? De vragen malen door haar hoofd en ze beseft dat ze daar nooit antwoord op gaat krijgen. Tenzij ... Tenzij ze nog een keer gaan. Hannah is zo in gedachten verzonken, dat ze niet doorheeft dat Liam is blijven staan. Ze loopt vol tegen hem aan en kijkt verward op.

'Waarom blijf je nou staan?' vraagt ze verbaasd, maar Liam legt een vinger tegen zijn lippen en wijst.

Liam is net voor een bocht blijven staan. Er staat een grote struik voor hen die hen het zicht belemmert. Voorzichtig gluurt Hannah om de takken van de struik heen en hapt naar adem. Die man kent ze! Verstijfd kijkt ze naar de man die haar geholpen heeft in het museum, Charlie. Dus hij was degene die hen achtervolgd had. Hannah voelt het bloed uit haar gezicht wegtrekken en bleek keert ze zich naar Liam.

'Dat is Charlie,' fluistert ze zenuwachtig. 'Hij heeft mij geholpen in het museum met de munt. Zou hij daarom achter ons aankomen? Hij weet natuurlijk ook van de legende. Dadelijk wil hij de munt afpakken!'

Liam pakt haar armen vast en kijkt haar aan.

'Hannah, zo dadelijk hoort hij ons nog. Rustig, we kunnen er nu niets meer aan doen,' maant hij zacht. 'Dus dat is ook de man die je in het restaurant zag?'

Hannah knikt en tranen beginnen zich te vormen in haar ogen. Dit is allemaal haar schuld. Als ze niet naar het museum was gegaan, had Charlie er nooit iets vanaf geweten. Ze kijkt nog eens naar de plek waar Charlie stond, maar hij is intussen verdwenen. Gelukkig heeft hij hen niet gehoord. Ze kijkt terug naar Liam en haalt snel met haar handen de tranen weg.

'Het gaat weer, laten we doorlopen naar de auto,' zegt ze en ze begint te lopen. Liam loopt zwijgend naast haar, maar ze lopen niet meer zo snel als in het begin. Stel dat Charlie niet ver voor hen loopt, dan moeten ze die ontwijken.

'Denk je dat alles goed gaat met Kirk?' vraagt Hannah ten slotte na een lange stilte. Ze heeft haar handen in haar jaszak gestoken en kijkt naar de grond. Haar haar valt half voor haar gezicht en ze voelt zich verschrikkelijk schuldig. Liam kijkt haar vluchtig aan en kijkt dan weer naar voren.

'Ik heb geen idee, maar ik weet wel dat het daar niet pluis is. Ik hoop dat hij heeft kunnen ontsnappen,' zegt hij. 'Het is niet jouw schuld, Hannah.'

Met een ruk blijft Hannah staan en staart hem met grote ogen die branden van de tranen aan.

'Jawel, het is wel mijn schuld,' fluistert ze. 'Het is mijn schuld dat Charlie ons gevolgd is. Dadelijk wil hij zelf de munt hebben. Ik heb hem bijna op een presenteerblaadje aangegeven. Geen wonder dat hij meerdere malen heeft gezegd dat ik de munt het best bij hem kon achterlaten zodat hij er meer onderzoek naar kon doen. Wat als hij bij jou inbreekt om de munt te stelen?' Inmiddels stromen de tranen over haar wangen en haar schouders schokken. 'En Kirk, wat als hij gevangengenomen wordt? Dadelijk leeft hij niet meer, alleen maar omdat hij ons wilde helpen te ontsnappen.'

Liam stapt naar Hannah toe en slaat zijn armen om haar heen. Hannah drukt haar gezicht stevig tegen zijn schouder aan en slaat haar armen om zijn middel. Haar hele lichaam schokt van verdriet. Een tijdje blijven ze zo staan tot het snikken iets afneemt. Liam maakt zich los uit de omhelzing en legt zijn handen om het gezicht van Hannah heen.

'Het is niet jouw schuld, Hannah,' herhaalt hij zacht terwijl hij met zijn duimen de tranen van haar wangen afveegt. 'Vroeg of laat had er vast wel iemand lucht gekregen van die munt en was hem komen halen. Of ik was zelf naar het museum gegaan om te kijken of iemand mij er iets meer over kon vertellen. Dit hadden we ons nooit kunnen voorstellen en je moet het jezelf echt niet kwalijk nemen dat die Charlie achter ons aan is gekomen. Dat zijn de acties van Charlie, niet de jouwe. Wie weet is het een crimineel, die zich voordoet als archeoloog om zo snel aan kostbare voorwerpen te komen. En wat betreft Kirk: laten we eerst een goede maaltijd eten. Dan beslissen we daarna wat we gaan doen.'

Hannah glimlacht flauwtjes en haalt haar neus op. Liam lacht en drukt een kus op haar voorhoofd. Dan neemt hij haar hand in de zijne en lopen ze langzaam naar de auto. Hannah denkt na over wat Liam heeft gezegd en langzaam voelt ze de emoties uit haar lichaam glijden. Ze kijkt naar Liam en ziet dan tot haar grote schrik de natte plek op zijn shirt. Ze slaat een hand voor haar mond van afschuw.

'Oh nee,' piept ze en meteen kijkt Liam haar aan.

'Wat is er?' vraagt hij.

Hannah krijgt het bijna niet over haar lippen, maar uiteindelijk weet ze het eruit te persen.

'Ik heb je shirt verpest,' zegt ze met een knalrood hoofd. 'Het spijt me, dat was niet de bedoeling.'

Liam kijkt naar zijn shirt en ziet wat ze bedoelt. Hij haalt zijn schouders op.

'Dat maakt niet uit, ik heb nog meer shirts bij me, hoor,' stelt hij haar gerust. 'Deze kan zo in de was wanneer we terug zijn in het hotel.'

Ze lopen door en ze zien Charlie niet meer staan. Wanneer ze uiteindelijk terugkomen bij de auto, stappen ze direct in. Hannah heeft de sleutels in haar hand, maar start de auto nog niet.

'Ik wil je bedanken, voor wat je net hebt gedaan,' zegt ze zonder Liam aan te kijken. 'Dat ik in paniek schoot, bedoel ik.'

Ze voelt dat Liam haar hand pakt en kijkt hem aan.

'Dat is al goed,' zegt hij en ze ziet dat hij het meent. Zacht knijpt ze in zijn hand en laat los om de auto te starten.

Wanneer ze terug zijn in het dorp, gaan ze eerst wat eten in een rustig restaurant. Ze zoeken een tafel uit die niet binnen gehoorafstand van andere tafels staat en nemen plaats. Zodra ze eenmaal zitten, voelt Hannah hoe moe ze is. Ook de blaren, die aan het genezen zijn, maar nog steeds aanwezig zijn, voelt ze kloppen. Wanneer ze hun bestelling hebben doorgegeven, gaat Hannah naar de wc. Ze kijkt in de spiegel wanneer ze haar handen aan het wassen is en ziet tot haar opluchting dat de vlekken in haar gezicht, waarvan ze zeker wist dat die er zaten na die huilbui, weggetrokken zijn. Snel gooit ze een beetje water in haar gezicht en loopt daarna terug naar hun tafeltje. Het voorgerecht is al gearriveerd en nu pas beseft ze hoeveel honger ze heeft. Na de maaltijd, wanneer er een kop hete thee voor haar staat, begint Hannah een klein beetje te ontspannen.

'Heb jij ook zoveel nagedacht over wat er vandaag allemaal gebeurd is?' vraagt Liam plotseling. Gedurende de maaltijd hebben ze niet veel gepraat, beiden met hun gedachten ver weg.

'Ja,' verzucht Hannah en ze buigt zich naar voren. 'Wat denk jij dat we moeten doen?'

'In eerste plaats zorgen dat we die Charlie niet meer tegen het lijf lopen,' zegt Liam meteen. 'Op de tweede plaats, denk je dat we Kirk niet moeten gaan helpen?'

'Dat wilde ik ook al voorstellen. Ik kan me niet voorstellen dat dat goed afgelopen is.' Hannah kijkt somber voor zich uit.

'Zullen we zo richting onze hotelkamers gaan?' stelt Liam voor. 'Dan kunnen we goed slapen en morgen kijken of we weer naar Kirk kunnen.' Hannah knikt en snel rekenen ze af.

Niet veel later lopen ze de gang van hun hotelkamers op en Hannah doet de deur van haar kamer open. Ineens voelt ze iemand achter zich staan en ze draait zich om in de verwachting dat het Liam is. Voor ze kan zien wie het is, hoort ze ineens een stem bij haar oor: 'Doorlopen.'

Hannahs hart zinkt haar in de schoenen en haar adem stokt in haar keel, want ze weet van wie deze stem is: Charlie.

Hoofdstuk 8

'Naar binnen,' zegt Charlie en hij duwt Hannah naar voren. Hannah struikelt en doet een paar wankele passen de kamer in. Ze stoot tegen de spiegel aan die op de grond valt en in duidend stukjes breekt. Intussen is Charlie de kamer binnengelopen en kijkt om zich heen.

'Hannah, gaat alles wel goed?' vraagt Liam als hij in haar deuropening komt staan. 'Ik hoorde iets breken en ...' Zijn stem sterft weg als hij Charlie in de kamer ziet staan.

'Verrassing,' zegt Charlie zelfvoldaan.

Hannah stapt voorzichtig om de glasscherven heen. Ze kijkt naar Liam die intussen tussen haar en Charlie in is komen staan en ziet dat zijn blik op iets gefixeerd is. Ze kijkt weer naar Charlie en ziet iets wat haar nog niet opgevallen was. In zijn hand houdt Charlie een klein pistool, dat op hen gericht is.

'Ik wist wel dat die munt iets speciaals had,' begint Charlie.

Zijn blik is gefixeerd op Liam, maar Hannah ziet dat zijn ogen haar ook niet uit het oog verliezen.

'Een munt zo oud, daar moest iets mee zijn. Vooral toen de jongedame begon over een legende, was de connectie snel gelegd.' De blik in zijn ogen wordt koud en zijn houding aanvallend.

'Dan wil ik deze munt nu graag hebben. Ik heb vandaag gezien wat die munt kan doen. Zomaar verdwijnen in het niets? Daar ligt vast een hoop goud. Goud dat ik goed kan gebruiken. Wanneer mijn schulden aan de maffia zijn afbetaald, heb ik nog meer dan voldoende over om te verdwijnen in het niets.'

Hij staat op en loopt langzaam op hen af, met het pistool nog steeds op hen gericht.

'Waarom denk je dat wij deze munt nog steeds hebben?' vraagt Liam dapper.

Charlie grijnst en zijn gezicht krijgt iets duisters.

'Ik heb zo mijn contacten, ik weet dat die munt nog steeds in jullie bezit is. De vraag is alleen: wie heeft hem?' Inmiddels is

Charlie genaderd tot op een paar meter afstand, waar hij blijft staan. 'Persoonlijk denk ik dat de jongedame hem heeft, niet?'

Hannah kijkt naar Charlie. Haar hart klopt in haar keel en de munt brandt in haar broekzak. Zenuwachtig likt ze met haar tong over haar lippen en ze durft zich niet te verroeren. Ze werpt een snelle blik op Liam en kijkt weer naar Charlie. Ze merkt dat Liam haar heel langzaam achteruit probeert te duwen.

'Nou nou, niet zo snel weggaan hoor. Dat spreekt niet van manieren,' zegt Charlie en meteen blijven ze staan.

Wanhopig probeert Hannah haar gedachten te ordenen, zodat ze een kans maken om te ontsnappen. Wat kunnen ze doen? Hem zo lang mogelijk aan de praat houden, om uiteindelijk via de trap naar de auto te rennen? Intussen begint Charlie zijn geduld te verliezen.

'Nou? Komt er nog wat van?' snauwt hij naar Hannah. Van schrik doet Hannah een stap achteruit en trekt Liam met zich mee.

'Hij zit in mijn tas,' zegt Hannah en laat haar tas van haar schouders glijden. Met een snelle blik op Liam en naar de deur houdt ze de tas voor zich en Liam stapt naar achteren. Hannah doet de tas open en vindt al snel wat ze zoekt: een euromuntstuk dat dezelfde grootte heeft als de munt.

'Hier is je munt,' zegt ze en ze gooit het euromuntstuk de kamer in. Wat ze wilde bereiken lukt: Charlie heeft alleen maar oog voor de munt en het pistool zwaait de andere kant op. Razendsnel trekt Liam de deur open en trekt Hannah met zich mee naar buiten. Zo snel ze kunnen, rennen ze naar het trappenhuis en denderen naar beneden, richting de lobby. Achter zich horen ze gebrul en zware voetstappen. Zo snel ze kunnen rennen ze naar de auto en springen erin. Net op tijd: er klinkt een schot en ze duiken weg. Hannah start de auto en rijdt met gierende banden weg. Inmiddels is het aardedonker en regent het een klein beetje. In de achteruitkijkspiegel ziet ze een auto die hen achterna komt. Dat moet haast wel Charlie zijn. Ineens klapt haar rechterbuiten spiegel kapot. Hannah gilt het uit en de auto slingert een paar keer voordat ze de auto weer onder controle heeft. Haar hart bonkt in haar keel. Snel rijdt ze de bergwegen in. Net wanneer ze rechtsaf wil slaan, schokt de auto naar voren. Charlie heeft hen van achteren geraakt. Nog een keer schokt de auto naar voren. Met de grootste moeite weet ze de auto op de weg te houden. Bijna had de andere auto hen van de weg af gereden.

Liam kan zich nog net tegenhouden aan het dashboard.

'Die kant op!' roept Liam en hij kijkt achterom. 'Hij rijdt nu redelijk ver achter ons. We kunnen hem afschudden in de bergen.'

'Oké, waar moet ik heen?' vraagt Hannah. Inmiddels focust ze zich alleen nog maar op de weg, zodat de paniek niet de overhand kan nemen. Liam loodst haar door de smalle wegen in de bergen heen, maar de auto achtervolgt hen nog steeds. Ook komt deze steeds dichterbij.

'Harder rijden! Hij haalt ons in!' roept Liam in paniek.

Hannah kijkt vluchtig in de achteruitkijkspiegel en ziet dat Liam gelijk heeft. De auto achter hen heeft een grote inhaalslag gemaakt en zit inmiddels zo dicht op haar bumper, dat ze de lampen niet meer kan zien. Ze geeft gas en ziet de toeren omhooglopen. Hannah knijpt zo hard in het stuur dat haar knokkels wit worden van de spanning. Het is donker en het miezert een beetje, wat het rijden nog moeilijker maakt. Ze is niet bekend met de bergen waardoor ze rijden, maar ze moeten deze auto afschudden. Charlie is helemaal gestoord; de deuken in haar bumper bewijzen dat wel. Hannah ziet een bocht aankomen en laat het gas een beetje los om de bocht te kunnen nemen. Deze is gelukkig niet zo scherp; een paar kilometer terug ging het maar net goed.

'Daar komt hij!' roept Liam en meteen voelt Hannah de auto schokken. Weer geraakt door Charlie.

Hannah kijkt zenuwachtig in de spiegel en beseft dat hij snelheid heeft verloren. Snel richt ze haar aandacht weer op de weg en ziet dat de weg ineens een scherpe bocht naar links maakt. Razendsnel trapt Hannah op de rem en het lukt om de auto op de weg te houden.

'Rijdt hij nog steeds achter ons aan?' vraagt Hannah.

Liam knikt, maar laat zich daarna tegen de stoel aan zakken.

'Hij rijdt nog steeds, maar een stuk voorzichtiger dan daarnet. Nu is het een redelijk lang stuk rechtdoor, daarna komt er een slingerweg. Na de slingerweg is er een scherpe U-bocht, dus daar moet je extra opletten. Het bord dat de U-bocht aangeeft is verdwenen onder de bladeren van de omliggende bomen. Niet dat je dat bord overdag ook had gezien, met deze regen,' zegt Liam.

Inmiddels zijn ze op de slingerweg aangekomen en heeft Hannah ongemerkt gas geminderd. Ineens schieten ze naar voren in de auto; ze zijn weer geraakt.

'Shit,' vloekt Hannah. 'Hou je vast, daar gaan we.' Ze geeft gas en de auto raast over de weg. Ze vliegen als een raceauto door de slingerbochten heen, waarna de U-bocht komt. Het bord dat de bocht aangeeft is overwoekerd met bladeren, dus als Liam niet had gezegd dat er een U-bocht aankwam, had ze dat nooit geweten. Ze remt en geeft een ruk naar rechts aan het stuur. De auto achter hen zit ontzettend dicht op hen. Als hij hen aan de zijkant raakt, zijn ze reddeloos verloren. Hannah voelt een schok door de auto gaan. De auto heeft hen rechtsachter geraakt waardoor ze iets doorschieten, maar wel op de weg blijven. De andere auto schiet rechtdoor en rijdt door de vangrail naar beneden. Hannah mindert vaart door de schok en kijkt naar Liam.

'Gaat het?' vraagt Liam bezorgd aan Hannah. Hannah knikt en kijkt in de spiegel.

'Zijn we hem kwijt, denk je?' vraagt ze met trillende stem.

'Ik zie de auto niet meer,' antwoordt Liam gespannen, turend door de achterruit. 'Het begint ook steeds harder te regenen. Zullen we teruggaan? Als je deze weg volgt, kun je straks weer terug naar het dorp rijden. Intussen zal ik de politie bellen en uitleggen wat er is gebeurd. Dan kunnen zij kijken bij de auto.'

Hannah knikt en rijdt door. Ze probeerde niet te veel te denken aan wat er net gebeurd is, maar haar handen beginnen te trillen en haar ogen vullen zich met tranen.

Liam bedankt de politie aan de telefoon en hangt op. 'Ik heb afgesproken dat we even langs het bureau gaan om een verklaring af te leggen, dan staat die maar vast op papier.'

Hij pakt de hand van Hannah en ziet de tranen op haar wangen. Liam knijpt zachtjes in haar hand en zwijgend rijden ze langzaam naar het bureau. Voordat ze het politiebureau inlopen, houdt Hannah Liam tegen.

'We kunnen niet alles vertellen, dat geloven ze nooit,' zegt Hannah zachtjes tegen Liam.

Liam fronst, maar knikt dan. 'Je hebt gelijk, we laten erbuiten wat er in de open plek is gebeurd, goed?' Hij kijkt vragend naar Hannah, die opgelucht knikt.

Eenmaal op het bureau aangekomen worden ze ontvangen door een vriendelijke politieagente, die hen naar een klein kamertje brengt.

'Goedenavond.' zegt ze. 'Mijn naam is agent Jefferson en ik kom jullie verklaring opnemen. Wat ik begrijp van mijn collega is dat jullie achtervolgd werden en dat de achtervolger door de vangrail heen is gegaan. Willen jullie bij het begin beginnen?'

Hannah kijkt Liam aan en knikt. Ze haalt diep adem en begint te vertellen.

Hoofdstuk 9

Na een intensief gesprek met de politie, staan Hannah en Liam twee uur later weer buiten. Hannahs hoofd bonkt en haar hele lichaam doet pijn. Zwijgend lopen ze naar de auto en rijden terug naar het hotel. Wanneer ze door de gang naar de hotelkamers lopen, gaat Hannah steeds langzamer lopen. Hannah staat voor de deur met de sleutelkaart in haar hand, maar ze maakt geen aanstalten om de deur open te maken. Haar hand trilt en haar ademhaling gaat steeds sneller.

'Hannah, gaat het wel?' vraagt Liam bezorgd. Hij ziet haar bleke gezicht en staart haar bezorgd aan.

'Slaap maar bij mij op de kamer, dan ben je ook niet alleen. Als je dat niet erg vindt tenminste,' zegt Liam en hij steekt een hand naar haar uit. Hannah pakt zijn hand vast en knijpt zo hard dat Liam grimast.

'Au, dat is iets te hard,' zegt hij en probeert zijn hand los te wringen. Hannah laat haar greep iets vieren en schudt haar hoofd.

'Ik wil niet naar binnen,' zegt ze.

'Logisch,' zegt Liam. 'Zijn er spullen die je nog nodig hebt? Dan ga ik die halen en gaan we daarna naar mijn kamer.'

'Wil je mijn koffer en toilettas uit de badkamer pakken? Alles zit er nog zo goed als in; mijn tandenborstel ligt er, geloof ik, wel naast.'

'Geen probleem, wacht hier,' zegt Liam terwijl Hannah hem haar sleutel geeft.

Hannah staart de gang in terwijl Liam de deur opendoet en snel naar binnen loopt. Hannah hoort het glas van de spiegel onder zijn voeten kraken en huivert. Binnen een minuut staat Liam weer voor haar neus en doet de deur van haar kamer dicht. Hannah laat haar schouders zakken die ze ongemerkt had opgetrokken en blaast haar adem uit. Liam doet de deur naar zijn kamer open. Eenmaal binnen kan Hannah zich pas echt ontspannen. Alleen de gedachte aan het samen in een bed liggen met Liam geeft haar een beetje zenuwen, maar die laat ze niet blijken. Aan Liam merkt ze ook niet dat hij dat ongemakkelijk vindt; hij laat eveneens niets merken. Na een korte douche ligt Hannah in bed naast Liam, starend naar het plafond. Ze kijkt opzij naar Liam en ziet dat hij op zijn zij naar haar ligt te kijken. Ze draait zich ook op haar zij en kijkt hem aan.

'Denk je dat je kan slapen?' vraagt Liam. Hannah haalt haar schouders op.

'Ik heb geen idee, ik ga het gewoon proberen,' zegt ze, terwijl ze een fijne houding probeert te vinden. 'Slaap lekker.'

'Welterusten,' zegt Liam en niet veel later zijn ze allebei in een diepe slaap verzonken.

De volgende ochtend wordt Hannah vroeg wakker. Ze ziet Liam naast zich nog in diepe slaap verkeren en besluit vast op te staan. Nadat dat ze terugkomt van de badkamer, ziet ze dat Liam ook wakker is.

'Heb je een beetje kunnen slapen?' vraagt Liam.

'Beter dan ik verwachtte,' antwoordt Hannah. 'Ik denk dat ik zo moe was, dat ik zo vertrokken was.'

'Goed om te horen,' zegt Liam. 'Zullen we zo naar beneden gaan? Ik heb best wel honger na al die avonturen van gisteren.'

Als antwoord laat Hannahs maag een flinke rommel horen. Hannahs wangen worden rood en ze legt haar handen op haar buik.

'Nou, dat beantwoordt mijn vraag,' zegt Liam lachend.

Niet veel later lopen ze naar het restaurant om te ontbijten. Na een flink ontbijt blijven Hannah en Liam nog even aan de tafel zitten. Hannah heeft de grootste kop thee voor zich die ze kon vinden, waar ze haar handen aan opwarmt.

'Wat denk jij?' vraagt ze aan Liam. 'Denk je dat Kirk hulp nodig heeft?'

Liam laat zijn koffiekop in zijn handen draaien.

'Geen idee,' zegt hij. 'Wat denk jij?'

'Zelf denk ik dat we hem moeten helpen,' zegt Hannah. 'Wie weet zit hij nu in de gevangenis. We moeten hem helpen daaruit te komen.'

'Dat weet je niet,' zegt Liam. 'We weten niet wat er is gebeurd nadat wij terug zijn gegaan. Wie weet gaat de tijd daar ook veel sneller of langzamer. We weten helemaal niks van die andere kant, dus persoonlijk denk ik dat we beter af zijn om niet terug te gaan.'

'Waarom niet?' vraagt Hannah verontwaardigd. 'Kirk heeft onze hulp nodig!'

'Hoe weet je dat?' kaatst Liam terug. 'Het laatste wat wij gezien hebben is dat hij de bewakers van zich af sloeg. Wat er daarna is gebeurd, weten we niet. Dadelijk staat een heel peloton op ons te wachten bij de steen. Dan worden wij ook gevangengenomen en kunnen we Kirk helemaal niet helpen. En, wat ik al eerder zei, we weten niet wat er is gebeurd. Straks is hij wel ontsnapt en worden wij, als we teruggaan, wel gevangengenomen. Dan zijn we nog verder van huis.'

Hannah zwijgt. Ze laat het even op zich inwerken. Liam heeft wel goede argumenten om niet terug te gaan, maar ze kunnen Kirk toch niet zomaar achterlaten? Liam zet zijn ellebogen op tafel en kijkt Hannah aan.

'Ik snap je wel,' zegt hij zacht. 'Alleen we kunnen onszelf niet zomaar zonder meer terug in de strijd gooien. We moeten voorbereidingen treffen voordat we teruggaan.'

'Dus je wilt wel terug?' vraagt Hannah.

'Ik denk dat Kirk onze hulp goed kan gebruiken, maar dan moeten we wel goed voorbereid gaan,' zegt Liam.

'Goed,' zegt Hannah. 'Wat voor voorbereidingen moeten we treffen?'

Liam noemt een hele lijst op waaronder touw, een zakmes, lucifers en nog meer andere handige dingen. Hannah herinnert zich dat er in het dorp een aantal winkels zijn die deze spullen verkopen. Ze spreken af om zich op te splitsen en de spullen te gaan halen. Snel drinkt Hannah het laatste restje van haar thee op en zet haar kop op de tafel neer.

Ze staan op en lopen terug naar de hotelkamers. In de kamer van Liam zoekt Hannah haar spullen bij elkaar. Niet veel later lopen ze het hotel uit en splitsen ze zich op. De zon schijnt en Hannah zet haar zonnebril op. Ze heeft een lijstje van Liam gekregen, waarvan ze de items één voor één kan afstrepen. Ze slentert door het dorp en bekijkt de winkeltjes. Wanneer ze al een aantal winkels heeft bezocht, merkt ze dat telkens dezelfde man ook in de winkels aanwezig is. Tenminste, ze ziet steeds dezelfde jas. Je ziet spoken, denkt ze en ze loopt door.

Wanneer ze bij de laatste winkel aankomt, ziet ze dat dat een heel grote winkel is. Een soort Gamma of Praxis zoals in Nederland, denkt ze en langzaam loopt ze de gangenpaden af. Wanneer ze blijft staan om een aantal artikelen te bekijken, ziet ze in haar ooghoek dat dezelfde man weer vlak achter haar staat. Nu begint ze wel een beetje zenuwachtig te worden; dit kan geen toeval meer zijn. Langzaam loopt ze van de ene naar de andere gang en kijkt of ze dezelfde man nog steeds ziet. Na een aantal keer omgekeken te hebben en nog steeds de man te zien, weet ze het zeker: ze wordt achtervolgd. Zo nonchalant mogelijk haalt ze de boodschappen en loopt naar de kassa. Snel rekent ze af en loopt naar buiten. Eenmaal buiten schiet ze snel een steegje in, waar ze even over haar schouder kijkt. Ze ziet dat de man het steegje voorbijloopt en haalt even opgelucht adem. Snel loopt ze naar de plek waar ze met Liam afgesproken heeft en kijkt tussendoor af en toe nog even over haar schouder om er zeker van te zijn dat ze niet achtervolgd wordt. Niet veel later ziet ze Liam staan en snel loopt ze naar hem toe. Ze kijkt nog even over haar schouder en ziet tot haar schrik dezelfde man weer lopen. Wanneer ze bij Liam is aangekomen, pakt ze zijn elleboog vast en loopt door.

'Wat is er?' vraagt Liam verbaasd. 'We zouden toch hier wat gaan drinken? Of heb je niet alles kunnen vinden?'

Hannah kijkt weer over haar schouder en ziet de man nog steeds lopen. Langzaam voelt ze de spanning in haar lichaam toenemen.

'Ik word gevolgd,' zegt ze met spanning in haar stem. 'Als je achter je kijkt, zie je een man met een grijsgroene jas lopen. Die man volgt me al sinds ik bij de tweede winkel ben, dat kan geen toeval meer zijn.'

Liam begint nonchalant om zich heen te kijken om te voorkomen dat de man ziet dat hij hem in de gaten heeft. Na een paar keer heen en weer gekeken te hebben, werpt hij een blik achter zich. Hij ziet de man lopen op ongeveer tien meter afstand van hen.

'Ik heb niet goed gekeken wie het zou kunnen zijn,' zegt Hannah. 'Ik zag alleen dezelfde jas en heb me daarop geconcentreerd. Wat ik wel snel zag, is dat hij sterk op Charlie lijkt, vind je niet?'

'Ik denk dat je gelijk hebt,' zegt Liam. 'Dat moet betekenen dat hij het ongeluk heeft overleefd of er moet een dubbelganger rondlopen. Een andere mogelijkheid zie ik niet.'

'Wat doen we nu?' vraagt Hannah. 'Het plan was om nu naar de steen te gaan; we hebben alle spullen al. Denk je dat we dat risico moeten nemen?'

'Laten we er met een omweg naartoe gaan,' zegt Liam. 'Wie weet kunnen we hem zo afschudden.'

Hannah knikt en snel lopen ze naar Hannahs auto toe. De spullen worden achterin gegooid en met een omweg gaan ze op weg naar de open plek. Niet veel later ziet Hannah in de achteruitkijkspiegel een auto die dezelfde weg volgt. Dat kan toeval zijn, maar daar gelooft ze niet meer in. Enige tijd later zijn ze op de parkeerplaats en volgen ze de weg naar de open plek. Wanneer ze daar aankomen, zien ze dat daar al iemand is. Het is de man in de groengrijze jas. Nu kan ze zijn gezicht goed zien. Liam had het bij het rechte eind: Charlie heeft hen weer gevonden.

Hoofdstuk 10

'Dachten jullie nou echt dat jullie zomaar van mij af zouden zijn?' sneert Charlie wanneer hij hen in het oog krijgt. Zijn haar zit door de war en er zit nog bloed op zijn kleren. Er zit een zwarte veeg op zijn wang en wat hechtpleisters boven zijn wenkbrauw.

'Vlak nadat ik uit de bocht gevlogen was, heeft iemand mij gevonden in de berm en ben ik naar het ziekenhuis gebracht. Na een snelle check-up mocht ik gelukkig weer gaan, waarna ik weer op zoek ging naar jullie.' Hij grijnst en dan ziet Hannah ineens dat hij het pistool niet verloren heeft. Ze slikt en kijkt vanuit haar ooghoeken naar Liam.

'En nu wil ik graag weten hoe jullie zo ineens verdwenen zijn gisteren,' zegt Charlie. Hij gebaart met het pistool dat Hannah en Liam dichterbij moeten komen. Hannah voelt woede in zich opkomen. Hoe durft hij ineens eisen te gaan stellen? Ze weet ook dat ze nu geen keus heeft; Charlie heeft een pistool en zij hebben dat niet.

'Schiet op, we hebben niet de hele dag de tijd,' zegt Charlie en hij kijkt hen koel aan. Na een snelle blik op Charlie steekt Hannah haar hand in haar broekzak en haalt de munt eruit.

'Wij weten ook niet hoe het precies werkt,' zegt ze om een beetje tijd te rekken.

'Nou, dan beginnen we maar met allemaal de steen aanraken,' zegt Charlie.

Nu weet Hannah dat het hopeloos is. Charlie is vastbesloten om mee te gaan naar de andere kant. Ze voelt de hand van Liam op haar onderrug en ziet dat Liam zijn hand op de steen heeft gelegd. Charlie heeft ook al een hand op de steen gelegd, de andere houdt nog steeds het pistool op haar gericht. Zwijgend brengt ze haar hand met de munt naar de steen en de open plek verdwijnt.

'Niet te geloven,' zegt Charlie zachtjes en kijkt om zich heen. Ook Liam en Hannah kijken om zich heen, op zoek naar de bewakers die ze hier voor het laatst gezien hebben. Ineens klinkt er gerinkel van een harnas. Niet veel later horen ze ook de paarden. De wachters stormen door het bos en al snel is het drietal omringd door wachters die speren op hen gericht houden. Langzaam doet Hannah haar handen in de lucht; ze heeft weinig zin om een speer van dichtbij te bekijken. Ze worden allemaal geboeid en aan de paarden vastgebonden. Zo lopen ze naar het kasteel in de verte, waar niet ver voor hen ook een kleine delegatie loopt. Dat moet Kirk zijn, denkt Hannah, maar ze hoopt dat hij ontsnapt is.

Eenmaal aangekomen bij het kasteel ziet Hannah dat het Kirk niet gelukt is te ontsnappen. Hij staat vastgebonden aan een paard en wordt met veel geweld meegenomen. Het touw wordt losgemaakt van het paard en met een ruk wordt ze gedwongen mee te lopen. Struikelend loopt ze achter de bewaker aan het kasteel in. Binnen vergaapt ze zich aan de pracht en praal van het kasteel; de banieren die aan de muren hangen, het glas-in-loodwerk in de ramen en de er duur uitziende stoelen en tafels. Ze worden door een kleine ruimte meegenomen en de dubbele deuren worden opengedaan door de wachters aan de buitenkant. Ze lopen een gigantische hal binnen, waar aan het einde van de ruimte een enorme troon staat. De troon is van goud, bekleed met rood fluweel en vol met edelstenen. Een ruk aan het touw zorgt ervoor dat haar aandacht zich op de troon vestigt. Een deur achter de troon gaat open en er komt iemand binnenlopen. Dat moet wel koning Xander zijn, denkt Hannah en ze bekijkt hem nog eens goed. Xander heeft een duur ogend groen geborduurd vest aan, met een dikke gouden ketting. Onder dat vest heeft hij een dunne leren bruine broek aan en hoge laarzen. Over zijn vest draagt hij een cape die wel drie meter over de grond sleept. Ze ziet dat Kirk met walging naar de troon en naar Xander kijkt.

'Eindelijk, de onruststoker is gevangen,' smaalt Xander. Hij kijkt met een zelfvoldane grijns naar Kirk. 'Weten jullie dat deze man gezocht wordt voor het organiseren van een staatsgreep?'

Charlie kijkt op en zijn ogen beginnen berekenend te glinsteren.

'Zeker, ik heb geholpen hem gevangen te nemen!' roept hij uit.

'Is dat zo?' vraagt Xander aan een wachter, een iets te dikke man die alleen op de paarden heeft gezeten en geen vinger heeft uitgestoken bij het gevangen nemen. Hannah vermoedt dat hij een hogere rang heeft dan de andere wachters.

'Hij stond bij de andere twee mensen die we bij Kirk gevonden hebben,' zegt hij peinzend. 'Het zou best waar kunnen zijn.'

'Dan, mijn beste man, maak zijn boeien los. Dit vraagt om een beloning, geen gevangenneming,' bepaalt Xander.

Hannah kijkt vol ongeloof naar Xander. Hoe kan hij zonder bewijs aannemen dat Charlie de beloning in ontvangst mag nemen? Ze wil protesteren, maar dan voelt ze een hand op haar arm. Ze kijkt om en ziet Kirk staan, die zijn hoofd schudt maar haar niet aankijkt. Dat gebeurt zo minimaal, dat het lijkt of ze het zich verbeeld heeft. Ze laat haar adem ontsnappen en richt haar aandacht weer op Xander, die inmiddels Charlie bij zich heeft geroepen.

'Vertel eens, beste man, hoe komt u aan die mooie kleren?' vraagt Xander.

Charlie begint uitgebreid te vertellen over de plek waar ze vandaan komen en Xander begint te stralen.

'Dit moeten we verder bij een feestmaal bespreken,' zegt hij. 'Mijn wachter kan u de slaapvertrekken tonen waar u zich op kunt frissen voor het feestmaal.'

Hij wenkt een wachter en Charlie verdwijnt door een van de openstaande deuren, met een valse glimlach op zijn lippen. Xander is weer op de troon gaan zitten en slaat zijn mantel van zich af. Hannah ziet dat hij een beginnend buikje heeft, waarschijnlijk door te weinig bewegen en te veel eten. Grijnzend kijkt hij op het groepje neer, met name naar Kirk.

'Zo, eindelijk hebben we je te pakken,' zegt hij zelfvoldaan in zijn handen wrijvend. 'Ik was al bang dat je voor altijd door mijn vingers zou glippen, maar het is gelukt.'

Kirk trekt een wenkbrauw omhoog, maar blijft zwijgen.

'Wachters, breng ze naar de kerkers,' beslist Xander. 'Over twee dagen worden ze opgehangen.' Met een triomfantelijke blik staat Xander op en verdwijnt door de deur achter de troon. Met open mond kijkt Hannah hem na. Dat meent hij toch niet? Het touw om haar handen wordt aangetrokken en half struikelend loopt ze achter de wachter aan. Ze worden door een gangenstelsel geleid en ze gaan een paar trappen af, tot ze in een ruimte komen met meerdere traliedeuren. Samen worden Hannah en Liam in een lege cel gezet. In een andere cel, ver bij hen vandaan, wordt Kirk vastgezet. Met een luide knal slaat de deur achter de bewakers dicht en wordt het donker in de kerker.

Hannah knippert met haar ogen. Langzaam wennen haar ogen aan het donker. De cel is klein, koud en er druppelt water langs de muren omlaag. In een hoekje ligt wat stro. Hannah loopt er onzeker op af. Een penetrante geur slaat op haar neus en kokhalzend deinst ze achteruit, tot ze met haar rug tegen de deur staat. Snel drukt ze haar mouw tegen haar neus en probeert door haar mond adem te halen. Ze kijkt naar Liam die als een schim naast haar staat. Hij staat met zijn rug tegen de muur en kijkt haar hulpeloos aan.
    'Wat doen we nu?' vraag hij. Hannah probeert de geur van zich af te zetten en ze begint na te denken. Dat wil niet erg lukken, aangezien alle medegevangenen luid begonnen te roepen nadat ze Kirk zagen. Ze luistert naar de gesprekken die gaande zijn.
    'Kirk, wat doe jij nou hier?' vraagt een gevangene rechts van haar.
    'Ja, jij zat toch goed verstopt in het bos? Dadelijk is alles voor niets geweest!' roept een andere gevangene.
    'Het liep even wat anders dan gepland, mannen,' klinkt de ruwe stem van Kirk aan haar linkerhand. 'De twee mensen die met mij zijn gevangengenomen, hadden mijn hulp nodig. Toen zijn we bij de open plek betrapt door de patrouille, die ons uiteindelijk overmeesterd heeft.'
    'Jij, overmeesterd?' schampert een gevangene rechts. 'Hoe dan? Jij bent de beste zwaardvechter die we kennen. Die eikel moet van de troon af, zodat de rechtmatige koning eindelijk zijn plaats in kan nemen.'

'Stilte!' beveelt Kirk en tot Hannahs verbazing wordt het stil. 'Het is tijd voor introducties, anders snappen die mensen het helemaal niet meer. Hannah, Liam, dit zijn mijn commandanten: Levin, Badou, Corsin en Sipp.'

Hij wil nog meer zeggen, maar hij wordt plotseling onderbroken door een nijdige vrouwenstem:

'Wij zijn er ook nog. Zul je zien dat hij ons overslaat.'

Kirk grinnikt en zei luid: 'Alsof ik jou zou kunnen vergeten, mijn liefste Alina. Naast mijn mannen staan de sterkste vrouwen van dit koninkrijk: Alina, Lea en Ronja. Zo, introducties zijn gedaan. Nu wil ik graag weten hoe jullie hier allemaal terecht zijn gekomen.

Hoofdstuk 11

Meteen begint iedereen door elkaar te praten.

'Stilte!' buldert Kirk. 'Olov, jij bent de tacticus. Wat is er gebeurd?'

Olov schraapt zijn keel en begint te vertellen. 'We waren op zoek naar een karavaan om te overvallen. Voedsel begon schaars te worden en de mensen werden humeurig. Jij was al een paar weken niet meer gezien en we begonnen ongerust te worden. Toen kwam er bericht van de uitkijkposten: een karavaan was onderweg naar het kasteel. Hoogstwaarschijnlijk met alle belastingen die geïnd moesten worden, want de karren waren afgeladen met eten en goud. Meteen pakten wij onze spullen en bewogen ons langzaam door het bos, op zoek naar een punt om de karavaan te kruisen. Die hadden we snel gevonden en iedereen begon zich te verspreiden. Andri, Noah, Alina en Lea gingen de bomen in om van bovenaf de karavaan met pijl en boog tegen te houden. Zelf bleef ik met Corsin, Sipp, Val, Levin, Ronja en David op de grond, om de karren van beide zijkanten te bestormen. Zoals we al zo vaak gedaan hadden,' bromt Olov. Hij gaat even verzitten en vertelt daarna verder.

'Even lijkt het een overval te zijn zoals altijd. Ze lopen langs, wij komen tevoorschijn en slaan de wachters bewusteloos terwijl de rest de karren leeghaalt. Maar toen kwamen er ineens wachters uit de karren tevoorschijn, die zich tussen de spullen verstopt hadden. Ook kwamen er zowel van voren als van achteren ruiters aanrijden, die ontsnappen voor ons onmogelijk maakten. We werden vastgebonden en naar het kasteel gebracht. Daar zijn we in de kerkers gegooid. Dat is inmiddels drie dagen geleden.'

Kirk denkt even na en vraagt dan: 'Hoe komen jullie dan hier, Isobel, Bodil en Idda?'

'Wij zagen het gebeuren, we stonden wat verder de bossen in om de spullen mee naar het kamp te helpen dragen,' zegt een rustige stem. Hannah probeert zich een voorstelling te maken van hoe de vrouw eruitziet, maar ze kan zich geen beeld vormen. De vrouw begint weer te praten en Hannah richt haar aandacht weer op haar stem.

'Toen we zagen dat het een valstrik was, probeerden we om voorzichtig weg te sluipen. Dat was ons ook gelukt, als er geen boogschutters op de uitkijk hadden gestaan. Ineens stak er een pijl naast mijn voet uit de grond. De soldaat vloekte, waardoor ik wist dat hij gemist had. Onze eigen pijl en boog hadden we niet meegenomen en die van de rest waren al vernietigd. We hadden niet eens een kans om te rennen; we werden meteen gevonden en ook meegenomen.'

'Dus op die manier zitten we allemaal hier,' besluit Olov.

Hannah hoort hem opstaan en te beginnen met ijsberen.

'Kirk, we moeten hieruit komen. Jij moet de troon gaan overnemen, het hele land gaat eraan! De boeren komen in opstand; ze kunnen de belastingen niet meer betalen. Voedsel wordt schaars, mensen raken ontevreden.'

Olov zwijgt als plotseling de kerker wordt opengegooid. Een aantal wachters lopen de kerker binnen, terwijl de wachter die de deur opendeed bij de deur blijft staan. Hannah kijkt toe terwijl een van de wachters hun celdeur opendoet, wat kommen met onbekend voedsel naar binnen schuift en de deur weer dichtdoet. Binnen twee minuten wordt de kerkerdeur met een klap weer dichtgetrokken.

'Ik zou het maar opeten als ik jullie was. We krijgen dit maar eens per dag,' gromt een van de mannen naar Hannah en Liam.

'Je maakt de dag weer beter met die opmerking, Sipp,' merkt een van de andere mannen op.

'Hou je kop, Corvin,' snauwt Sipp.

Hannah bekijkt de kom met opgetrokken wenkbrauwen en ruikt er voorzichtig aan. Het lijkt op een soort pap met water en stukjes brood. Ze zet de kom weer neer en gaat er langzaam naast zitten, met haar rug tegen de muur. Ze legt haar hoofd tegen de muur en sluit haar ogen. Om haar heen wordt er flink gekauwd, wat gepaard gaat met slurpende geluiden. Ze voelt dat er iemand naast haar komt zitten en draait haar hoofd naar Liam. Hij heeft de kom in zijn handen en kijkt er twijfelachtig naar.

'Ga je dat echt opeten?' vraagt Hannah. Liam kijkt haar aan en zet de kom naast zich neer.

'Nee,' zegt hij. 'Deze laat ik maar even voorbijgaan.'

Hij lacht en legt zijn hoofd tegen de stenen. 'We hebben ons wel in de nesten gewerkt, hé?' vraagt hij, kijkend naar het lage plafond.

'Dat is nog zacht uitgedrukt. We zitten in een vreemd land, in een vreemde tijd waar we niemand kunnen bereiken. Hoe gaan we hier in hemelsnaam levend uitkomen?' vraagt Hannah terwijl de waarheid als een baksteen in haar buik naar beneden zinkt.

'We komen hier wel uit,' zegt Liam terwijl hij haar hand pakt en er zachtjes in knijpt. Hannah slikt en knikt. Daar moet ze wel in geloven, anders is ze helemaal verloren.

'Hannah, Liam, we moeten een plan opstellen om te ontsnappen. Daarbij heb ik jullie hulp nodig,' klinkt de stem van Kirk.

Ze staan op en lopen naar het kleine raampje in de deur dat met tralies afgesloten is. Vanaf daar kan Hannah Kirk niet zien, maar wel prima verstaan. Daarbij heeft Kirk een stem die iedereen bijna dwingt ernaar te luisteren.

'Het is tijd dat jullie de waarheid weten over wie ik echt ben,' zegt Kirk.

Verdere uitleg wordt onderbroken door de deur die openvliegt. Charlie komt met grote passen de kerker binnengelopen en kijkt met minachting rond. Inmiddels heeft hij andere kleren gekregen: een groen linnen hemd, bruine broek en zachte bruine laarzen. Zijn blik valt op de cel waar Liam en Hannah zitten en hij loopt ernaartoe.

'Zo, ik hoop dat het bevalt hier,' grijnst hij. 'Maak het jezelf niet te gemakkelijk. Over twee dagen worden jullie uit je lijden verlost en ben ik rijk.'

Zijn grijns wordt zo mogelijk nog breder.

'Ik heb daarbij wel iets nodig van jou.' Hij kijkt Hannah aan en ze weet meteen wat hij bedoelt. De munt heeft ze nog altijd in haar broekzak. Dat is de enige manier om weer terug naar hun eigen tijd te komen. Ze voelt de frustratie en boosheid opborrelen, maar houdt deze onder controle. Ze kijkt met minachting naar Charlie en houdt de munt omhoog.

'Bedoel je deze?' vraagt ze. Charlie probeert de munt te grijpen, maar Hannah houdt de munt net buiten zijn bereik.

'Wachters!' brult hij terwijl hij witheet van woede naar Hannah kijkt. De wachter die Hannah eerder had gezien komt de kerker binnengelopen.

'Maak deze deur open!' beveelt Charlie. De wachter loopt naar de deur en probeert op zijn gemak alle sleutels voordat hij de juiste heeft gevonden. De deur gaat open en langzaam, als een roofdier dat zijn prooi besluipt, loopt Charlie op Hannah af.

'Geef de munt aan mij en dan doe ik je niks,' zegt hij, zijn hand uitgestoken. Hannah staat inmiddels met haar rug tegen de muur en probeert koortsachtig een plan te bedenken. Ineens weet ze het en glimlacht ze.

'Deze toch?' vraagt ze, de munt omhooghoudend. Ze ziet dat Charlies ogen de munt niet verlaten.

'Hier, vangen!' en gooit de munt omhoog. Charlie volgt de munt en probeert deze op te vangen. Hij heeft niet in de gaten dat hij inmiddels binnen bereik van Hannah is. Hannah heft haar voet en zet zich af van de muur. Haar voet raakt Charlie vol in zijn maag en hij klapt kreunend dubbel. Met haar elleboog geeft Hannah Charlie een harde klap tegen zijn slaap aan en zonder verder geluid te maken zakt Charlie op de grond in elkaar. De wachter staat er met open mond naar te kijken en weet niet wat er gebeurt. Liam handelt bliksemsnel en geeft de wachter met zijn vuist een klap tegen zijn kin. De ogen van de wachter draaien weg en hij zakt langs de muur op de grond. Hannah stapt om Charlie heen en loopt de cel uit. Liam komt achter haar aan en draait de deur terug op slot.

'Zo,' zegt hij. 'Daar hebben we voorlopig geen last meer van.'

Hij geeft de sleutels aan Hannah die snel de andere cellen openmaakt.

'Nou, jullie hadden mijn hulp niet nodig,' grijnst Kirk, terwijl hij de cel uitloopt. De anderen zijn inmiddels ook uit de kerker.

Na een kort voorstelrondje waar iedereen kort naar elkaar knikt, lopen ze de aangrenzende kamer in. Hannah kijkt nog eens goed naar de mensen om haar heen om ze goed in zich op te nemen.

Kirk is intussen doorgelopen en staat in de aangrenzende kamer bij het bureau midden in de kamer. Daar staat hij door een stapel papier te bladeren, die hij uiteindelijk in zijn zak propt.

'Wapens liggen daar,' zegt hij met een knikje naar een deur aan de andere kant van de tafel. Sipp loopt er met grote stappen op af en trekt aan de deur.

'Op slot,' bromt hij terwijl hij zich naar de groep omdraait. Hannah beseft dat ze de sleutels nog in handen heeft.

'Hier,' zegt ze en ze gooit de sleutels met een boog naar Sipp. Die plukt ze uit de lucht en probeert de eerste sleutel in het slot. Intussen zijn Ronja en David naar de deur gelopen waarachter de trap naar boven begint. Zij houden in de gaten of er iemand aankomt. Bij de vijfde sleutel draait Sipp triomfantelijk de sleutel om en gooit de deur open. Andri en Isobel lopen naar hem toe en met zijn drieën beginnen ze de wapens uit te delen. Niet veel later heeft iedereen zijn eigen wapens terug.

'Oké, dit is het plan,' zegt Kirk en wijst naar Alina, Idda, Badou, Olov en Andri.

'Jullie zorgen voor de afleiding. We hebben twee dagen om ons voor te bereiden. Zorg ervoor dat alle supporters in en rondom het kasteel op de hoogte zijn. Levin, jij gaat met Ronja, Noah en Isobel op zoek naar inlichtingen hier in het kasteel. We weten het schema van de wachters. Wees snel en discreet. We verzamelen op de normale plek. De rest volgt mij.'

Kirk loopt de kamer uit en slaat rechtsaf. Hannah loopt verbouwereerd achter hem aan de kamer uit. Plotseling overvalt een gedachte haar en ze krijgt het ijskoud. Ze ademt scherp in en een knoop vormt zich in haar maag die langzaam zinkt: de munt ligt nog bij Charlie in de cel!

Hoofdstuk 12

Hannah ademt diep uit en probeert haar ademhaling onder controle te krijgen om zo het nare gevoel van zich af te schudden. Op dit moment is er niets wat ze kan doen. De munt ligt bij Charlie en die ligt bewusteloos in de cel. Mocht hij eerder ontsnapt zijn, dan zien we dat dan wel weer, denkt Hannah grimmig terwijl ze Kirk door de donkere gangen volgt. Hij lijkt te weten waar hij heen moet, want hij aarzelt niet bij bochten en kruisingen. Na een paar minuten lopen ze een doodlopende gang in. Aan het begin en eind van de gang, die verder geen deuren bevat, hangen toortshouders. Kirk loop doelbewust naar het einde van de gang en draait de toortshouder een kwartslag naar links. Een klikkend geluid klinkt. De muur opent zoals een deur, zwaaiend van de groep af, en onthult een grote trap. Kirk laat de toortshouder los die weer recht gaat staan, en duwt de muur verder open. Daarna loopt hij de opening in, de trap omhoog. Hannah volgt achter Liam en achter haar volgt Sipp, die als laatste van de groep achterom kijkt en de muur weer op zijn plaats schuift. Na een zachte klik hoort Hannah dat de deur weer dicht is. Ze hoort vlak daarna de zachte laarzen van Sipp achter zich. Na een tijdje wordt het lichter en niet veel later stapt Hannah een grote ruimte in. Langzaam neemt ze de ruimte in zich op. Het lijkt op een soort grot, maar ook weer niet. Op de muren zie je nog de ruwe wand van de rotswand die versierd wordt door verschillende wandkleden. Frisse lucht wordt door de grote ramen naar binnen geblazen, waar luiken aan de binnenkant bevestigd zijn. Hannah loopt naar het raam en kijkt naar buiten. Ze ziet een wijde zee met grote rotspartijen die aan weerszijden van waar ze staat nog een stuk de zee in lopen, voordat de eindeloze zee zich kenbaar maakt. Ze werpt een blik naar beneden en ziet daar een aantal uitstekende rotsen, waar het zeewater met geweld tegenaan spat. Wanneer ze zich weer naar de kamer draait, ziet ze dat Kirk bij een grote vierkante tafel staat. Langs alle zijden van de tafel passen met gemak vier stoelen, als er niet meer bij kunnen. De rest van het team staat om de tafel heen of is in een van de houten stoelen gaan zitten, die met kussens bedekt zijn. Kirk heeft de papieren die hij uit de kerker heeft meegenomen al op tafel gelegd. Hannah loopt naar de tafel en ziet dat er ook een grote kaart ligt, waar het koninkrijk op is afgebeeld. Ze neemt plaats op een stoel en kijkt naar Kirk, afwachtend met een vragend gezicht.

'Je vraagt je zeker af hoe ik van deze plek afweet?' vraagt Kirk als hij haar gezicht ziet.

'Dit is bijna niet te bevatten, ik had nooit verwacht dat dit kasteel op een klif zou staan,' zegt Hannah knikkend.

'Dat komt omdat deze plek specifiek is gekozen voor het bouwen van dit kasteel. Het land loopt als een hoefijzer door, waardoor je eventuele invasies voor bent. Men kan niet aanmeren op de kliffen: het water daar is te wild,' zegt Corsin.

Oké, jullie weten duidelijk meer af van het kasteel dan alleen een soort roofbende. Het lijkt wel een mix tussen Robin Hood en Koning Arthur van de Ronde Tafel, denkt Hannah.

'Kunnen jullie mij uitleggen hoe jullie nou precies verbonden zijn met het kasteel?' vraagt Hannah. 'Kirk heeft duidelijk leiderschapscapaciteiten, anders zou de groep nooit zonder morren uit elkaar zijn gegaan. Er is meer aan de hand dan jullie vertellen.'

'Ik mag haar wel,' zegt Lea en ze kijkt goedkeurend naar Hannah. Hannah glimlacht terug en kijk terug naar Kirk, haar gezicht weer serieus. Kirk haalt een hand door zijn haar en trekt de stoel voor hem naar achteren. Hij gaat zitten en leunt achterover, zijn armen over elkaar heen geslagen. Hij staart naar de papieren voor zich en schraapt zijn keel.

'Ik zal je vertellen waarom ik van deze plek afweet. Ik ben geboren en getogen hier in dit kasteel, hier in Arnborg. Mijn vader, Andrin, heerste hier met compassie en gerechtigheid voor zijn onderdanen, samen met mijn moeder Kina. Helaas is ze gestorven in het kraambed toen ze van mij beviel. Niet lang daarna hertrouwde mijn vader met Livia, een vrouw van adellijke afkomst uit het verre noorden.'

Kirk zucht en legt zijn armen op tafel. Sipp komt aanlopen met een karaf en een aantal bekers die hij op tafel neerzet. Kirk bedankt hem en schenkt voor zichzelf een beker vol. Hij kijkt naar Hannah en houdt de kan omhoog. Hannah knikt dankbaar en staat op om de volgeschonken beker in ontvangst te nemen. Ze gaat weer zitten en neemt een slok van het vocht. Bijna spuugt ze het weer terug in de beker en met moeite houdt ze het binnen om door te slikken. Ze hoest een paar keer en naar adem happend vraagt ze: 'Wat is dit voor drinken?'

Het vocht proeft korrelig aan, het ruikt zoet en muf en heeft een zure nasmaak. Kirk kijkt haar verbaasd aan.

'Hou je niet van rode wijn?' vraagt hij. 'Deze is zelfs nog aangelengd met water.'

Hij neemt een grote slok en knikt goedkeurend. Hannah kijkt argwanend naar haar beker. Wijn kan ze normaal gesproken prima drinken. Voorzichtig ruikt ze aan haar beker. Het ruikt zoetig en vol van smaak. Ze had water verwacht, dus niet zo gek dat de eerste slok niet smaakte. Ze neemt een klein slokje en laat de drank in haar mond rondgaan voordat ze het doorslikt. Nu ze weet dat het rode wijn is, is het drinken veel lekkerder en kan ze genieten van de wijn. Haar maag knort en ze bedenkt dat het lang geleden is dat ze iets heeft gegeten. Ze drukt een hand op haar buik in de hoop het knorren iets te temmen. Kirk leunt een beetje naar voren op de tafel en vertelt verder.

'Zoals ik net zei, Livia komt uit het verre noorden. Geruchten gaan dat ze daar magie beoefenen. Goed of kwaad, dat weet ik niet.'

Magie, denkt Hannah. Zou dat echt waar zijn? Dat bestaat toch niet?

Ze kijkt vluchtig naar Liam, die een aantal stoelen verderop zit. Hij kijkt met gefronst voorhoofd naar Kirk, een beker wijn voor zich op tafel.

'Zelf heb ik haar nooit magie zien beoefenen of wat daar op lijkt, maar ze kwam ook niet veel buiten haar kamers,' zegt Kirk en hij staart voor zich uit. 'Xander, haar zoon, is mijn halfbroer. Hij is geboren toen ik negen jaar oud was. Door het leeftijdsverschil heb ik hem niet veel gezien. Op mijn zeventiende is mijn vader overleden en heeft Livia de macht overgenomen. Intussen werd ik natuurlijk ouder en was bijna klaar om de troon over te nemen. Helaas heeft Livia daar een stokje voor gestoken: ze beschuldigde me van landverraad. We zijn aangevallen door troepen uit het westen. Zij was ervan overtuigd dat ik die het land had ingeloodst. Dat is niet waar, want op dat moment was ik in het zuiden, op zoek naar nieuwe connecties om handel te kunnen drijven. Ik ben door haar verbannen uit het kasteel en ben in het bos gaan wonen. Sipp en de rest van de groep kende ik al; zij zijn ook opgegroeid op het kasteel als kinderen van vakmannen en boeren. Hierdoor wist ik welke dingen ik wel en niet kon eten en hoe ik een schuilplaats kon maken. Dat heeft geholpen met overleven; het was winter toen ik verbannen werd. In die tijd was er altijd wel iemand die me op kwam zoeken met de laatste nieuwtjes van het kasteel of om extra voorraden af te geven. Gelukkig staan de meeste kasteelbewoners aan mijn kant, alleen weten Livia en Xander dat niet.'

Kirk grijnst en ontspant een beetje. 'Zij denken dat ze alle macht over het kasteel en daarbuiten hebben, maar ze weten niet dat ik van alles op de hoogte ben. Ook hoe ze het geld dat binnenkomt spenderen aan onbenullige dingen en overvloedige feesten wanneer de mensen honger lijden. Daar komt binnenkort een eind aan en dan zullen zij degene zijn die honger lijden, in de kerkers.'

Er glijdt een triomfantelijke blik over zijn gezicht. 'Heb je die munt nog?' vraagt hij ineens en kijkt recht naar Hannah. Hannah slikt en ze voelt een blos opkomen.

'De munt ligt nog in de cel,' zegt ze zachtjes met haar blik op de tafel gericht. 'Die heb ik omhoog gegooid om Charlie af te leiden toen hij op me afkwam in de kerker. Door de ontsnapping ben ik de munt vergeten op te rapen en mee te nemen. Dat bedacht ik me toen we hierheen liepen.'

'Hmmm,' zegt Kirk en wrijft met zijn handen over zijn gezicht. 'We moeten die munt zo snel mogelijk gaan halen, die is belangrijk voor de plannen. Sipp, jij gaat met Hannah, Lea en Corsin terug naar de kerkers om die munt te halen.' Sipp knikt en staat op, net als Lea en Corsin. Hannah giet het laatste beetje wijn in haar mond en staat ook op. Ze loopt langs Liam heen, die haar zachtjes tegenhoudt.

'Let je op?' vraagt hij. Hannah trekt haar mondhoeken omhoog in wat ze hoopt dat een glimlach is.

'Het gaat goed komen, ik ben niet alleen,' zegt ze en trekt haar hand voorzichtig los uit die van Liam. Hij knikt en laat haar gaan.

'Liam, ik heb je hulp nodig,' hoort Hannah Kirk zeggen wanneer ze de kamer uitlopen.

Niet veel later staan ze voor de muur die de gang afschermt. Sipp draait een luikje waar een doorkijkgat zit opzij en tuurt naar buiten.

'Kust is veilig, de gang is leeg,' zegt hij en laat het luikje weer op zijn plek vallen. Met een rukje aan een koord klikt het mechanisme open en stappen ze de gang in. Met kloppend hart volgt Hannah Sipp de gang op. Hij loopt naar het eind van de gang en kijkt voorzichtig om de hoek.

'Laat de toortsen staan. Ze belemmeren het zicht,' zegt hij en slaat de hoek om. Hannah kijkt naar Lea die na Sipp de hoek omslaat en uit het zicht verdwijnt. Corsin gebaart dat Hannah haar moet volgen en voorzichtig slaat Hannah ook de hoek om. Niet ver voor zich ziet ze Lea en Sipp lopen en ze versnelt een beetje om ze in te kunnen halen. Plots horen ze zware voetstappen en gerinkel van harnassen. Sipp kijkt om zich heen, ziet een deur en probeert of deze op slot is. Krakend gaat de deur open en snel gaan ze naar binnen.

'Hoorde jij ook iets?' vraagt een onbekende zware mannenstem.

'Het klonk als een deur die openging, ik dacht dat wij de enige hier waren?' klinkt een andere, lichtere mannenstem een beetje angstig.

De zware mannenstem snuift minachtend en zegt: 'Jij gelooft ook alles. Het spookt hier echt niet.'

'Nou, ik heb hier anders vaker geluiden gehoord die ik niet kon plaatsen,' klinkt de lichtere mannenstem verdedigend.

'We zullen eens gaan kijken, dan zul je zien dat we hier echt alleen zijn,' zegt de zware mannenstem en de voetstappen klinken steeds dichterbij.

Hannah wordt verder de kamer ingetrokken door Sipp, die haar tegen zich aan trekt. In het zwakke licht dat binnen schijnt door de kleine kier van de deuropening ziet Hannah dat Corsin Lea naar achteren trekt, waarbij hij handig de spullen in de kamer omzeilt. Het is haar niet eens opgevallen dat er spullen in de kamer staan, zo aandachtig luisterde ze naar het gesprek in de gang. Maar nu merkt ze dat Sipp haar handig door de spullen heen loodst en achter een grote kist in de hoek van de kamer gaat staan. Ze moeten een beetje bukken om niet zichtbaar te zijn vanaf de deuropening en Hannah krijgt het warm. De ademhaling van Sipp klinkt zachtjes in haar oor en ze voelt de sterke spieren van zijn borstkas door de kleren heen. Plots horen ze de deur opengaan en schijnt er een licht naar binnen. Hannah ademt scherp in. Meteen voelt ze een hand op haar mond.

'Sst,' fluistert Sipp in haar oor en laat haar voorzichtig los. Hannah blaast voorzichtig uit om haar ademhaling weer in bedwang te krijgen.

'Zie je, hier is niemand en in de gang hebben we ook niemand gezien,' klinkt de zware mannenstem.

'Ja ja, het zal de tocht wel geweest zijn,' klinkt de lichte mannenstem niet helemaal overtuigd. 'Laten we doorlopen, we moeten nog een heel eind.'

De deur kraakt weer en de voetstappen verwijderen zich. De stemmen van de mannen klinken steeds zachter naarmate ze verder weg lopen.

'Dat scheelde niks,' zegt Corsin opgelucht en hij gaat staan. Hij rekt zich uit en Lea loopt naar de deur.

'Niemand te zien,' zegt ze en slaat de hoek om. Sipp vloekt en haast zich achter haar aan. Hannah loopt achter Corsin aan de gang op. Verder komen ze niemand tegen. Ze gaan de kamers in waar Hannah de munt heeft verloren. Wanneer ze de cellen bereiken, ziet Hannah het meteen. De cel staat wagenwijd open en van Charlie en de bewaker is geen spoor te bekennen. Sipp en Corsin stappen de cel in om te kijken of de munt daar nog is, maar komen hoofdschuddend naar buiten. Hannah voelt de moed haar in de schoenen zinken. Hoe moeten ze nu ooit naar huis komen?

Hoofdstuk 13

Niet veel later staan ze weer bij Kirk, die het verslag van Sipp aanhoort. Hij kijkt Hannah doordringend aan en wendt zich ten slotte tot Corsin, die over de kaart gebogen staat.

'Ik denk dat die Charluk zich in deze kamers bevindt, waar de gastenvleugel is,' zegt hij en wijst een specifieke plek aan.

Gastenvleugel? Het is toch een kaart van het koninkrijk? Hannah loopt naar de tafel en kijkt naar de kaart. Het blijkt een gedetailleerde tekening van het kasteel te zijn, compleet met alle verschillende verdiepingen. Hoewel, alle verdiepingen klopt niet. Hannah kijkt wat beter en ziet een toren afgebeeld staan waar verder geen kamers zijn ingetekend.

'Waarom is deze toren leeg? Woont daar niemand?' vraagt ze en wijst de toren aan. Er valt een stilte en iemand schraapt zijn keel. Hannah draait zich in de richting van het geluid en ziet Corsin staan, die haar ernstig aankijkt.

'Dat zijn de kamers van Livia,' zegt hij. 'Alle andere gedeelten van het kasteel zijn te bereiken met de bediendentrappen, waardoor we een goede schets van de indeling konden maken. Alleen zijn de kamers van Livia niet verbonden met de bediendentrappen en kunnen we daar niet ongezien komen.'

'Ah, vandaar,' zegt Hannah knikkend.

'Dus, die Charluk moet ergens hier zijn. Hij zal hoogstwaarschijnlijk als royalty beschouwd worden, als ik naar jullie kleren kijk,' zegt Corsin.

Hannah kijkt naar haar kleren en haalt haar schouders op. Het is een wonder dat ze haar rugtas nog heeft. Plots bedenkt ze zich dat ze haar telefoon nog heeft en haalt deze uit haar zak. De telefoon staat nog aan, maar ze heeft geen bereik. Ze stopt hem in haar tas en draait zich weer naar de tafel.

'Het is bijna tijd voor het avondmaal. Misschien hebben we dan een kans om de kamers van die Charluk te doorzoeken naar de munt,' zegt Corsin en hij kijkt vragend naar Kirk.

'Zijn naam is Charlie,' klinkt het ineens bars voor Kirk antwoord kan geven. Hannah draait haar hoofd en ziet Liam staan, met zijn armen over elkaar en een stuurse blik op zijn gezicht.

'Charlie dan,' zegt Corsin met een blik op Liam en draait weer naar Kirk. 'We zullen de munt terug moeten halen, anders gaat hij er straks vandoor.'

Kirk kijkt bedenkelijk en strijkt met een hand over zijn gezicht.

'Goed,' zegt hij en kijkt naar de groep. 'Nog een extra opdracht: die munt moet terugkomen. Lea, jij gaat met Hannah naar de keukens en zoekt daar mevrouw Malley op. Jullie gaan als dienstmeisjes naar de gastenvleugel om die munt te zoeken.'

Lea knikt en kijkt dan naar Hannah.

'Jij hebt andere kleren nodig. Deze vallen te veel op,' zegt ze en ze trekt Hannah mee. Verrast door de onverwachte wending laat Hannah zich meevoeren naar een deur die haar eerder niet opgevallen was. De deur zwaait open en ze betreden de kamer. Overal liggen kleren, zowel voor mannen als vrouwen.

'Je dacht toch niet dat dit onze eerste missie was,' grijnst Lea en ze begint kleren uit te zoeken. 'Hier, trekt dit aan.'

Ze gooit een stapeltje kleren naar Hannah toe. Hannah vangt de kleren op en loopt naar het kamerscherm om zich daarachter te verkleden. De wollen rok jeukt een beetje aan haar benen en de katoenen blouse is iets te groot, maar dat geeft niet. Ze trekt het leren koord aan en stapt achter het kamerscherm vandaan. Lea is intussen ook omgekleed en heeft ongeveer hetzelfde aan als Hannah, alleen een blauwe in plaats van een groene rok.

'Je haar moet opgestoken worden,' zegt Lea en duwt Hannah in een stoel. Snel en behendig draait ze Hannahs lokken in elkaar en speldt deze vast. Zelf heeft ze al haar haren in een soortgelijke knot opgestoken.

'We zijn er klaar voor,' zegt Lea en gebaart naar Hannah dat ze haar moet volgen. Samen lopen ze de kamer uit en sluiten zich weer bij de groep aan. Kirk kijkt ze aan en knikt.

'Goed werk, Lea,' zegt hij en draait zich weer naar de kaart. 'Oké, we gaan ervan uit dat Charlie zich hier bevindt.' Hij wijst naar een kamer op de derde verdieping van het kasteel.

'Jullie gaan via de keukens naar mevrouw Malley, halen daar de dienstmeisjeskleding op en gaan op verkenning uit op de 3e verdieping. Wanneer jullie de kamer gevonden hebben, doorzoek je die. Met een beetje geluk vinden jullie de munt in die kamer. Het kan ook zijn dat hij de munt bij zich draagt. In dat geval moeten we vannacht nog een keer teruggaan wanneer hij slaapt.'

Lea knikt en wenkt Hannah om te gaan. Hannah haalt diep adem en stapt achter Lea de deur uit.

Niet veel later staan ze in de keukens en Hannah kijkt haar ogen uit. Er lopen dienstmeisjes en bodes de deur in en uit met volle schalen. Lea loopt naar een kleinere vrouw met donker haar dat is weggestopt onder een kapje. Er steken een paar plukken uit en haar gezicht is een beetje rood door de warmte in de keuken. Haar mouwen zijn opgestroopt tot aan haar ellebogen en ze staat driftig in een grote pan te roeren.

'Dag mevrouw Malley,' zegt Lea opgewekt en ze gaat naast haar staan. 'Dat ruikt heerlijk.'

'Als je maar niet denkt dat dat voor jou is,' reageert de vrouw bits. 'Wat moet je?'

'Nou, we moeten eventjes naar de gastenvleugel en hebben wat kleding voor dienstmeisjes nodig,' zegt Lea die niet reageert op de bitse toon van de vrouw. Dan kijkt mevrouw Malley op en haar ogen worden groot.

'Lea? Ben jij dat?' vraagt ze zacht en laat bijna de lepel in de pan glijden. Ze kan hem nog net op tijd vastgrijpen en legt deze naast de pan op tafel. Dan draait ze zich helemaal naar Lea toe en kijkt haar eens goed aan.

'Dag tante,' zegt Lea zacht en ze wordt vervolgens bijna platgedrukt in een stevige omhelzing van mevrouw Malley.

'Mijn hemel, je wilt niet weten wat een zorgen ik me over jou en Levin heb gemaakt. Maken jullie het goed? Zijn jullie in orde? Hebben jullie genoeg te eten?' ratelt mevrouw Malley. Lea grinnikt en kijkt om zich heen.

'Heeft u even de tijd om ons te helpen?' vraagt ze en ze gebaart naar Hannah, die even terugzwaait.

'Natuurlijk kind, deze kant op,' zegt mevrouw Malley en ze gaat hun voor naar een kleine opslagkamer. 'Dienstkleding heb je nodig, zei je?'

Ze draait zich om en begint een stapel kleding van de rekken te pakken.

'Het is alleen voor ons twee, tante,' zegt Lea en ze pakt de kleren aan. 'We hebben een missie om een voorwerp uit de gastenvleugel te halen.'

Mevrouw Malley laat bijna een tweede stapel kleding uit haar handen vallen. Hannah pakt deze snel aan.

'De gastenvleugel?' vraagt ze met zwakke stem en zoekt steun aan de muur.

'Ja, die man die hier vandaag is aangekomen heeft een voorwerp dat wij moeten terughalen. Is er iets gebeurd dan?' vraagt Lea.

'Zeker is er iets gebeurd,' zegt mevrouw Malley en ze kijkt Lea doordringend aan. 'Je moet oppassen, meisje, die man is kwaadaardig. Livia heeft hem opgezocht en op dit moment is hij in haar kamers. Je hebt niet heel veel tijd om die kamers te doorzoeken. Hij heeft de derde kamer aan de linkerkant als je de dienstbodetrap pakt. Hij heeft Maria al de stuipen op het lijf gejaagd door ineens achter haar te staan toen ze hem schone kleding kwam brengen. Hij heeft haar bedreigd met een mes en ze kon maar net wegkomen.'

Hannah slikt. Ze weet precies hoe Maria zich gevoeld moet hebben. Een ongerust gevoel maakt zich van haar meester, maar ze probeert het weg te duwen. Er is nu geen tijd om er goed over na te denken.

'Gelukkig kan ik mezelf verdedigen,' zegt Lea en ze kijkt naar mevrouw Malley. 'We zullen voorzichtig zijn, tante, we zijn zo weer terug. Met een beetje geluk vinden we waar we naar op zoek zijn, met minder geluk moeten we vannacht teruggaan.'

'Als je maar hierheen komt voordat je weer in het kasteel verdwijnt. Ik wil met eigen ogen zien dat het goed gegaan is,' snuift mevrouw Malley.

'Beloofd,' zegt Lea en ze geeft mevrouw Malley een dikke knuffel. 'Het is heerlijk u weer eens te zien.'

'Insgelijks meisje,' zegt mevrouw Malley teder en kijkt beide meisjes aan. 'Goed opletten, horen jullie me? En nu wegwezen, ik moet weer aan het werk.'

Met wuifgebaren wijst ze Lea en Hannah de deur, die weer de keuken in stappen. Snel lopen ze met de kleding langs de rand van de keuken en slaan een andere deur in, die uitkomt op een smalle trap.

'Dit is het trappenhuis van de bedienden. Hiermee gaan we eerst een kamer opzoeken om ons te verkleden. Daarna gaan we naar de derde verdieping,' zegt Lea en ze begint de trap te beklimmen. Zwijgend loopt Hannah achter haar aan. Wat kan ze anders doen?

Niet veel trappen later duwt Lea een deur open en ze stappen een lange gang in. De deur van de eerste kamer aan de rechterkant staat op een kier en Lea steekt haar hoofd om de hoek.

'Niemand te zien,' zegt ze zacht en stapt de kamer binnen. Het blijkt een slaapkamer te zijn. Aan het rommelige bed te zien wordt deze ook gebruikt. Snel trekken ze de schorten voor en zetten ze de kapjes op hun hoofd. De rokken worden verruild voor een zwart exemplaar. Niet veel later zijn ze omgekleed.

'Waar moeten we nu heen?' vraagt Hannah en ze probeert zich de kaart van het kasteel voor de geest te halen.

'We moeten naar de andere kant van het kasteel. Daar zijn de kamers van de heer en vrouwe van het kasteel. Daar bevindt zich ook het gastenverblijf waar we moeten zijn. Ik weet wel een snellere route, waarvoor we het kasteel niet uit hoeven,' zegt Lea en voorzichtig doet ze de deur een stukje open.

'Nou, daar gaan we,' mompelt Hannah en ze volgt Lea naar buiten. Weer betreden ze het trappenhuis en vervolgen de weg naar boven. Hier en daar horen ze voetstappen of een deur open- en dichtgaan. Lea duwt de deur boven aan de trap open en stapt de gang op. Zo snel ze kunnen zonder op te vallen lopen ze naar de andere kant en gaan daar de hoek om. Lea blijft staan bij een wandkleed en duwt dit een beetje opzij. Ineens horen ze voetstappen en stemmen die hun kant op komen. Aan de andere kant van de gang verschijnen twee dienstmeisjes, elk met een stapel handdoeken en druk in gesprek. Lea gebaart naar Hannah en begint de meisjes tegemoet te lopen. de dienstmeisjes passeren Lea en Hannah zonder te stoppen of vragen te stellen en verdwijnen in het trappenhuis. Snel loopt Lea naar het wandkleed, trekt het opzij en onthult een deur. Hannah doet deze deur open en stapt een volgend trappenhuis binnen, dat zo te zien nauwelijks gebruikt wordt. Lea stapt achter haar aan en laat het kleed weer op zijn plek glijden. Ze doet de deur dicht en loopt langs Hannah heen de trap af. Door de kleine openingen in de muur kan Hannah een beetje onderscheiden waar de traptreden zich bevinden. Voorzichtig begint ze achter Lea aan te lopen. Het is een smalle wenteltrap, zo gemaakt dat er maar één persoon tegelijkertijd doorheen kan. Hannah legt haar linkerhand op de draaiende muur en tast met haar andere hand naar de buitenmuur. Ze kan Lea net onderscheiden in het donker. Zo passeren ze twee deuren. Bij de derde deur houdt Lea stil en wacht op Hannah. Ze wijst naar de deur en houdt haar vinger tegen haar lippen. Ze gebaart dat Hannah dichterbij moet komen en fluistert: 'Hierachter bevindt zich de gastenvleugel. Ben je er klaar voor?'

Ze kijkt Hannah aan. Die knikt. Zachtjes duwt Lea de deur open en stapt een donkere gang op. In het midden en aan het eind van de gang, waar de grote wenteltrap zich bevindt, hangen toortsen die aangestoken zijn. Hannah kijkt naar de opening waar ze net uitgekomen zijn. De deur past precies in de opening. Wanneer de deur dicht is, lijkt het net of er helemaal geen deur is, maar een doodlopende gang. Lea loopt de gang door en blijft bij de derde deur aan de linkerkant staan. Ze klopt, maar er wordt niet geantwoord. Voorzichtig duwt ze de deur open en kijkt naar binnen. De kamer is donker en op het eerste gezicht is er niemand. Snel stappen ze naar binnen en sluiten de deur achter zich. De kamer is groot, met een hemelbed aan de rechterkant tegen de muur aan. Er staat een kom met water op de tafel bij het raam en een kamerscherm in de linkerhoek, waar wat kleding overheen hangt. Lea loopt naar de linkerkant van de kamer en begint spullen opzij te schuiven en lades open te trekken. Hannah loopt naar het hemelbed en begint de kussens op te tillen. Ook het dekbed slaat ze terug om te kijken of daar iets ligt. Maar dat is ijdele hoop: aan deze kant van de kamer ligt geen munt. Hannah kijkt naar Lea, die net de laatste lade van de tafel met de kom water erop dicht schuift. Ze schudt haar hoofd: ook geen munt. Hannah voelt de moed in haar schoenen zakken. Dan moet Charlie de munt nog bij zich hebben. Snel lopen ze terug naar de keukens, waar ze even zwaaien naar mevrouw Malley voor ze zich omkleden en terug naar de anderen lopen.

'Niet gevonden op de kamer. We gaan vannacht terug wanneer iedereen slaapt,' zegt Lea en neemt een grote hap van een stuk brood.

Intussen heeft iemand een maaltijd naar de kamer gebracht en iedereen zit met grote happen te eten. Met een volle maag kan Hannah tenminste wat beter nadenken. Nu hopen dat ze vannacht meer geluk hebben.

Hoofdstuk 14

Het is donker als ze de gang weer opstappen waar de kamer van Charlie is. De toortsen zijn opgebrand en het is stil, op de wind na die door de kieren heen blaast. Hannah ademt langzaam uit om haar zenuwen tot bedaren te brengen en loopt achter Lea aan die al doorgelopen is. Bij de deur van Charlies kamer blijven ze even staan luisteren. Er klinkt een zacht gesnurk. Voorzichtig draait Lea de deurknop van de kamer om en duwt de deur open. Binnen is het donker. Het maanlicht schijnt zwak naar binnen, waardoor de contouren van de kamer zichtbaar zijn. Hannah loopt de kamer in en loopt langzaam met haar handen voor zich uit gestrekt naar het bed. De gordijnen zijn gesloten, waardoor het moeilijker is geworden om de munt te zoeken. Hannah staat bij het hoofdeinde en zoekt met haar hand een opening in de gordijnen. Haar hand vindt de paal en zonder geluid te maken laat ze die naar het matras zakken. Ze wil onder het hoofdkussen voelen, tot ze ineens beseft dat het stil is. Te stil, het gesnurk is opgehouden. Doodstil blijft ze staan, met een hand half onder het kussen en verscholen achter het gordijn. Zo verstrijken er voor haar gevoel uren, al zijn het in werkelijkheid minuten. Ze hoort Charlie bewegen in bed en hoopt dat hij niet wakker is geworden. Na een paar minuten probeert Hannah weer verder te zoeken. Ineens sluit een ijzersterke hand zich om haar pols. Ze snakt naar adem en plots gaat het gordijn opzij. Ze staat oog in oog met Charlie, die haar grijzend aankijkt.

'Ik dacht al wel dat ik een nachtelijk bezoek zou krijgen, maar ik had niet verwacht dat ik jou hier zou treffen,' zegt hij en trekt haar naar zich toe. 'Je bent zeker op zoek naar deze?'

Hij houdt de munt omhoog, Hannah ziet meteen dat het de munt is waar ze naar op zoek zijn. Dan komt er een vuist uit het donker, die Charlie hard tegen zijn hoofd slaat. Hij verslapt zijn greep op Hannah en ze probeert zich los te rukken. Lea verschijnt aan de andere kant en neemt de munt van Charlie over. Snel laat ze die in een leren zakje glijden en ze stopt deze weer onder haar lijfje. Charlie heeft de duizeligheid van zich af geschud en stapt uit bed. Nog steeds houdt hij Hannah stevig vast en trekt haar achter zich aan, terwijl hij op Lea afstapt.

'Geef dat maar heel gauw terug, meisje, en dan overkomt je kleine vriendinnetje hier niets,' zegt hij. Lea kijkt naar Hannah die gebaart dat ze moet gaan.

'Breng die munt in veiligheid. Ik kom eraan,' weet ze uit te brengen terwijl de tranen van pijn in haar ogen staan. Inmiddels heeft Charlie zijn hand als een bankschroef om haar pols geklemd en schuren haar botten over elkaar. Ze probeert met haar andere hand de vingers van Charlie los te krijgen, maar hij merkt het niet eens. Lea kijkt naar Hannah. Twijfels staan in haar ogen.

'Ga!' roept Hannah en gooit haar gewicht in de strijd om Charlie tegen te houden. Het lijkt te werken. Charlie wordt naar achteren getrokken en let niet meer op Lea. Hij struikelt half naar achteren en duwt Hannah naar de grond. Hij kijkt weer over zijn schouder, maar Lea is verdwenen.

'Maakt ook niet uit,' zegt hij. 'Ik heb vandaag interessante mensen ontmoet, weet je? Sterker dan jij, machtiger dan die munt. Ik kom wel thuis, maar van jou ben ik niet zo zeker.'

Hij trekt Hannah overeind en sleurt haar mee naar de deur. Het is ijskoud op de gang, maar dat lijkt Charlie niet te deren. Hij marcheert doelbewust naar de grote trap en begint deze op te klimmen.

'Waar gaan we heen?' vraagt Hannah terwijl ze struikelend probeert om Charlie bij te houden.

'Maak je geen zorgen, je komt er snel genoeg achter,' snauwt Charlie over zijn schouder en loopt door. Bij de volgende verdieping slaat Charlie links af en loopt de gang door, waarna een volgende trap begint. Die lopen ze helemaal af tot boven en ze komen in een gang waar een toorts brandt bij een rijkversierde deur. Hij klopt aan en de deur zwaait open, uit zichzelf lijkt het. Een warmtegolf komt hen tegemoet en Hannah wordt de kamer in getrokken. Ze stoppen na een paar passen in de kamer en de deur valt weer in het slot. Hannah draait zich om naar de deur, maar daar staat niemand. Het is een grote kamer, net als de deur rijk versierd met gouden ornamenten. Hier en daar lijkt het alsof een sneeuwvlok zich vormt op de muren, maar als Hannah er beter naar kijkt, is de vorm alweer weg. De kamer is mooi ingericht: een grote open haard waar een laaiend vuur brandt en een stoel met hoge rugleuning die er in een hoek voor staat. Er is nog een zithoek in de rechterhoek en een grote kast staat tegen de muur aan. Het pronkstuk van de kamer is een grote spiegel, die de muur van vloer tot plafond beslaat. Ondanks het laaiende haardvuur vormen zich kristallen aan de rand van de spiegel, alsof het daar onder het vriespunt is.

'U had gelijk,' zegt Charlie tegen de stoel bij de haard. 'Vannacht zijn er twee meisjes mijn kamer ingeslopen om die munt te stelen. Na wat u mij vanavond heeft laten zien, besef ik dat ik die munt niet nodig heb. Een van de meisjes heeft die meegenomen en is verdwenen. De andere heb ik wel mee kunnen nemen.'

Hij duwt Hannah naar voren en ze valt op de vloer. De figuur in de stoel staat langzaam op en draait zich naar Hannah om. Hannahs ogen volgen de bewegingen en ze ziet een vrouw met een bleke huid, blond haar en ijsblauwe ogen die haar hard aanstaren. Haar hart verkilt. Dit kan niemand anders dan Livia zijn.

Hannah ziet dat Livia haar goed bekijkt. Dan begint ze langzaam om haar heen te lopen. Hannah draait haar hoofd om Livia in de gaten te kunnen houden.

'In je kamer, zei je?' zegt Livia kil, terwijl ze weer voor Hannah komt staan. 'Komt dat even goed uit. Ik moet iets terug hebben uit het noorden en dat gaan jullie voor mij halen.' Ze glimlacht boosaardig.

'Jullie, zegt u?' vraagt Charlie behoedzaam. Hannah merkt dat hij langzaam een stap achteruitzet.

'Ja, jullie,' zegt Livia en het slot van de deur klinkt luid in de kamer. Hannah kijkt naar de deur, waar zich een groot ijsblok op het slot gevormd heeft. Charlie loopt met grote passen naar de deur en probeert deze open te maken. Wanneer hij het slot aanraakt, sist hij luid en trekt zijn hand terug.

'Dat zou ik niet doen als ik jou was,' zegt Livia. 'De volgende keer is je hand bevroren en kun je deze niet meer gebruiken.'

Hannah staat voorzichtig op en gaat bij de muur staan, zo ver mogelijk bij Livia vandaan.

'U kunt mij niet zomaar opsluiten. Dat hadden we niet afgesproken!' briest Charlie en hij loopt met grote passen op Livia af. Ze maakt een wegwerpgebaar met haar hand en een koude windvlaag smijt Charlie door de kamer. Hannah slikt haar kreet in en houdt zich zo stil mogelijk. Nu is het geen tijd om bang te zijn. Ze moet het hoofd koel houden en hier zo snel mogelijk vandaan komen. Charlie krabbelt langzaam overeind en leunt tegen de muur. Zijn gezicht is bezweet en zijn haar plakt tegen zijn voorhoofd aan.

'Dit is niet wat we afgesproken hadden,' zegt hij nog een keer, langzaam ademhalend.

'Oh, maar ik ben ook niet van plan om me aan onze afspraak te houden. Je denkt toch niet dat ik me laat leiden door zo'n onbeduidend onderkruipsel?' zegt Livia zacht, terwijl ze strak naar Charlie kijkt. 'Nee, ik heb veel grotere plannen. Plannen die al heel lang spelen en die ik door niemand laat dwarsbomen, al helemaal niet door een mens.' Ze sneert en draait zich naar Hannah om.

'Jij zal uitstekend mijn opdracht voldoen, niet?' vraagt ze met een ijskoude blik. Hannah voelt haar hart naar haar maag zakken. Wat voor keus heeft ze?

'Ja, ik zal doen wat u vraagt,' zegt Hannah en ze kijkt in de ijsblauwe ogen van Livia.

'Mooi, dat maakt het een stuk makkelijker,' zegt Livia tevreden en ze loopt naar haar stoel bij de haard. Ze laat zich er langzaam in zakken en staart naar het vuur. Hannah durft zich niet te verroeren. Ze heeft geen idee wat voor opdracht ze moet doen. Aan haar onzekerheid wordt snel een eind gemaakt wanneer Livia weer begint te praten.

'Jullie gaan een voorwerp voor mij terughalen, een voorwerp zeer dierbaar voor mij. Het betreft een ei, van een ijsdraak,' zegt ze, starend in het vuur. 'Met dat ei heb ik controle over het weer hier en kan het eindelijk weer een thuis worden. Een thuis, zoals ik dat in het noorden had. Wanneer dat ei uitkomt, kan ik de volledige controle hier eindelijk in handen krijgen en die onnozele zoon van mij aan de kant zetten.'

Hannah staart naar Livia. Ze kan niet geloven wat ze zegt.

'Nou, dit gaat er gebeuren,' zegt Livia en ze draait zich om naar Hannah. 'Jij gaat samen met hem door die poort.' Ze wijst naar de grote spiegel aan de andere kant van de kamer. 'Daar gaan jullie op zoek naar het ei. Ik verwacht het ei binnen 24 uur in handen te hebben.'

Hannah stikt bijna: 24 uur voor het vinden van het ei en weer terug zijn? Dat is onmogelijk.

Livia staat op van de stoel en wenkt Hannah en Charlie. Ze naderen de spiegel, die een koude tocht veroorzaakt.

'Ben ik duidelijk genoeg geweest?' vraagt ze, een wenkbrauw omhoog trekkend.

Hannah schraapt haar keel en vraagt aarzelend: 'Hoe weten we waar we moeten zoeken?'

'Oh, geloof me. Je weet snel genoeg waar je moet zoeken,' zegt Livia zelfgenoegzaam. Ze zwaait haar arm over het oppervlak van de spiegel en de spiegel begint te rimpelen.

'Let op, de poort blijft maar 24 uur open. Wie daarna niet door de spiegel heen is gekomen, blijft achter in het noorden. Het is een lange tocht naar hier, dus wees op tijd terug,' zegt Livia en ze gebaart naar de poort.

Hannah haalt diep adem en draait zich om naar de poort. De kou slaat haar tegemoet en onwillekeurig huivert ze. Ineens voelt ze een harde duw in haar rug en struikelt ze een paar passen naar voren. Ze kijkt om en ziet een woedend gezicht van Charlie.

'Dames eerst,' snauwt hij en geeft haar nog een duw. Hannah valt door de poort en weet maar net overeind te blijven. Charlie stapt achter haar aan en kijkt om zich heen.

'Nog een laatste ding,' horen ze de stem van Livia zeggen. Ze draaien zich om naar de poort. Livia staat aan de andere kant.

'Zonder ei komen jullie beiden niet meer terug, ook al is dat binnen 24 uur.'

Hoofdstuk 15

Hannah staart naar de witte vlakte. Waar moeten ze in hemelsnaam beginnen? Ze weet wel dat ze nu niet bij de pakken neer moet gaan zitten, wil ze ooit terugkomen. Nee, nu moet ze doorzetten en dat ei gaan vinden. In de verte rijst een gebergte uit de grond en ze begint die kant op te lopen.

'Dit is allemaal jouw schuld,' snauwt Charlie terwijl hij op de grond gaat zitten.

'Mijn schuld? Hoe is dit mijn schuld?' vraagt Hannah. Ze voelt woede in zich opborrelen en ze stapt op Charlie af. 'Het is helemaal niet mijn schuld. Als het al iemands schuld is, is het jouw schuld!' Woedend duwt ze Charlie de sneeuw in. 'Als jij niet zo inhalig was geweest en niet naar Livia was gestapt, hadden we nu niet met deze onmogelijke opdracht in de kou gezeten!' Gefrustreerd gooit Hannah haar handen omhoog en beent weg, naar het gebergte.

'Laat je mij hier nou zomaar achter?' schreeuwt Charlie haar na.

'Dat heb je ook bij ons gedaan, zak!' schreeuwt Hannah over haar schouder en loopt door. 24 uur is niet lang. Ze moet opschieten als ze weer op tijd terug wil zijn. En daarbij hoopt ze dat Charlie het ei niet kan vinden.

Na een ellenlange wandeling bereikt ze eindelijk het gebergte. Haar kleren zijn doorweekt en haar voeten voelde ze halverwege de wandeling al niet meer. Hijgend kijkt ze naar het uitstekende gebergte. Wandelen is nooit haar favoriete tijdverdrijf geweest, maar dat wordt op dit punt nog eens bevestigd.

'Oké,' mompelt Hannah en ze begint aan de klim. 'Waar zou een draak zijn nest maken?'

Haar keel is droog en haar maag rammelt. Onderweg is ze geen stroom water tegengekomen en ze beseft dat dat op dit moment het belangrijkste is.

'Eerst water,' kreunt ze, terwijl ze zich aan een rotsblok omhoogtrekt. Haar hijgende ademhaling maakt dat ze de omgevingsgeluiden niet goed meer kan horen, dus ook geen water dat ergens naar beneden stroomt. Ze blijft even staan, ademt diep door haar neus in en blaast de lucht langzaam door haar mond weer uit. Na een paar keer gaat haar hartslag omlaag en kan ze iets rustiger om zich heen kijken. In de rotsen zijn maar weinig planten te zien, al ziet ze verderop wat bomen.

'Laat ik die kant maar opgaan. Hopelijk is daar water,' zegt Hannah tegen zichzelf en begint over de rotsen heen te klimmen. Ze moet goed opletten waar ze haar voeten neerzet; de sneeuw maakt de rotsen extra glad.

Na een tijdje komen de bomen dichterbij en Hannah spitst haar oren. Een ruisend geluid komt haar tegemoet. Van opluchting blijft Hannah even tegen de rotswand staan. Een ruisend geluid, dat betekent water! Hannah haalt even diep adem en zet zich dan af tegen de rotsmuur. Ze loopt door de bosjes die onder de bomen groeien heen. Voor haar strekt zich een ijsblauw meer uit. Het ruisende geluid komt van een tientallen meters hoge waterval, waarvan het water zich met een donderend geraas naar beneden stort. Even blijft Hannah ademloos naar het schitterende schouwspel kijken. Het uitzicht is prachtig en de zon weerkaatst op de sneeuw en het water. Ze kijkt om zich heen, op zoek naar een goede manier om naar het water te lopen. Langzaam begint ze aan de afdaling, tastend met haar voeten naar de juiste plek om naar beneden te klimmen. Na een tijdje wordt het afdalen makkelijker en stapt ze sneller naar voren. Op haar omgeving let ze allang niet meer; haar doel bevindt zich nog maar een paar passen van haar af. Wanneer Hannah de waterrand bereikt, laat ze zich nog net niet op haar knieën vallen en steekt haar handen in het water. Het water is glashelder en ijskoud. Langzaam en genietend van het vocht drinkt Hannah het water uit haar handen. Na een paar keer haar handen te hebben gevuld, is haar ergste dorst eindelijk gelest en kijkt Hannah op. Haar hart staat stil: aan de overkant van het meer zit een witte draak, die haar met zijn lichtblauwe ogen strak aankijkt.

Hannah voelt de paniek in zich opkomen. Ze zit versteend aan de kant van het meer.

'Oh, shit,' mompelt ze en langzaam kijkt ze om zich heen zonder de draak uit haar blikveld te verliezen. Waar kan ze heen? Aan de rand van het meer bevinden zich alleen wat rotsen, die niet hoog genoeg zijn om zich achter te verstoppen. De draak vliegt plotseling omhoog en uit het zicht. Hannah schrikt er zo van dat ze achterovervalt. Na twee tellen is de draak verdwenen. Langzaam staat Hannah weer op en kijkt om zich heen. Opeens valt er een grote schaduw over haar heen en voelt ze twee klauwen zich om haar heen wikkelen. Hannah gilt en slaat op de klauwen, maar de draak merkt het niet eens. Ze voelt de grond onder zich verdwijnen en niet veel later vliegt de draak boven de waterval uit. De zon laat de sneeuw onder haar schitteren en heel even vergeet Hannah dat ze vastgehouden wordt door een draak, betoverd door het lichtschouwspel beneden haar voeten. Dan zwenkt de draak naar links en beseft Hannah dat ze in groot gevaar is. De draak heeft haar gevonden, maar of ze hier nog levend uit gaat komen is nog maar de vraag.

Niet veel later begint de draak aan de afdaling. Hannah ziet de grond snel op zich afkomen en zet zich schrap voor de impact. Vlak boven de grond opent de draak zijn klauwen een beetje en Hannah glijdt naar de grond. Met een harde klap komt ze in contact met de grond en even is alle lucht uit haar longen geslagen. Kreunend blijft ze een moment liggen, niet wetend waar ze is. Langzaam krabbelt ze overeind, naar adem happend. Een laag gegrom klinkt achter haar en Hannah verstijft. Heel langzaam draait ze zich om en staat dan oog in oog met een draak. Hannah kan haar ogen niet geloven: een echte draak! De draak is schitterend. De schubben zijn wit met een blauwe rand. Snel schieten haar ogen naar de omgeving. Het lijkt een open vlakte te zijn, bezaaid met sneeuw. Achter de draak doemt een rotsformatie uit de grond op, waarin een grot te zien is. Hannah kijkt weer naar de draak en haar hart slaat een slag over. De ijsblauwe ogen staren haar doordringend aan en de tanden zijn langer dan haar hand. Dan ziet ze schuin achter de draak beweging en er komt een man naar haar toe gelopen. Hij heeft zijn handen voor zich uitgestoken in een vredesgebaar en loopt langzaam.

'Vrees niet, ik kom in vrede,' zegt hij als hij voor de draak staat.

'Wie bent u?' vraagt Hannah behoedzaam.

'Ik kan beter vragen wie jij bent en wat je hier doet,' zegt de man niet onvriendelijk.

'Mijn naam is Hannah, ik ben door Livia naar deze plek gestuurd om een drakenei mee terug te nemen. Dit moet binnen 24 uur, anders zit ik hier vast en moet ik teruglopen naar het kasteel,' zegt Hannah, snel pratend van de zenuwen. 'Ik moet zo snel mogelijk terug, ik weet niet hoelang ik hier al ben en ik moet terug zijn met het ei voordat ze het portaal sluit. Charlie is hier ook nog ergens, maar ik ben zonder hem doorgelopen.'

De man steekt een afwerende hand op en Hannah stopt meteen met praten.

'Rustig aan. Wat is er aan de hand?' vraagt hij scherp. 'Livia, zeg je?'

Hannah knikt en haar hartslag begint iets te bedaren. De man kijkt naar de draak, die inmiddels is gaan liggen.

'Het is tijd, Aram' zegt hij zacht. De draak Aram snuift en een wolk sneeuw stuift op. De man kijkt weer naar Hannah en gebaart dat ze hem moet volgen. Hannah kan het niet verklaren, maar ze voelt zich meteen rustig en op haar gemak bij deze man.

'Deze kant op,' zegt de man en begint richting de rotsformatie te lopen. Hannah volgt hem en niet veel later staan ze in de rotsformatie. Daarin schittert alles van het ijs dat zich daar in de jaren gevormd heeft. Het lijken wel diamanten. Hannah kijkt haar ogen uit tot ze een kleine verhoging ziet. Daar ligt een reusachtig ei, dat schittert zoals het ijs in de grot. Hannah kijkt er met open mond naar. Aram is hen gevolgd en gaat beschermend om het ei heen liggen.

'Wie ben jij?' vraagt Hannah aan de man. De man kijkt met een tedere blik naar Aram die om het ei heen ligt en draait zich om naar Hannah.

'Ik ben Levio, de broer van Livia,' zegt hij met een buiging. Hannah staart hem aan, hij lijkt totaal niet op Livia. Waar Livia blond haar, ijsblauwe ogen en een algemene kille uitstraling heeft, heeft Levio donker haar, blauwe ogen en een warme uitstraling.

'Jullie lijken echt totaal niet op elkaar en ik heb Livia hooguit dertig minuten gezien, denk ik,' zegt Hannah fronsend. Levio lacht en Hannah staat versteld van de klaterende lach die door de grot heen galmt.

'Nee, wij lijken inderdaad niet op elkaar,' zegt hij grijzend. Hij loopt naar de linkerkant van de grot, waar zich een kleinere grot bevindt. Hij stapt de grot binnen en Hannah volgt hem. Overal hangen huiden en in de hoek is er een verhoging die als bed fungeert.

'Ga zitten,' zegt hij. Zelf neemt hij plaats op de huiden die in het midden van het vertrek liggen. Hannah gaat zitten en trekt haar benen onder zich. Ondanks de warmte in deze kleine grot, zijn haar ledematen nog steeds verkleumd van de kou buiten.

'Kan ik je iets te drinken aanbieden? Water, thee misschien?' vraag Levio.

'Thee, heel graag," antwoordt Hannah. Ze stopt haar koude handen onder haar armen en duikt een beetje in elkaar. Niet veel later houdt Levio een dampende mok thee voor haar neus.

'Een draak is in zulke situaties erg handig,' grijnst hij. Hannah pakt de mok aan en haar handen warmen meteen op. Langzaam neemt ze kleine slokjes thee en geniet van het warme gevoel.

'Dus Livia wil het ei hebben?' vraagt Levio ten slotte.

'Ja, iets met het weer beheersen,' mompelt Hannah. 'Ik ben samen met Charlie, een volslagen gek, door het portaal heen gestuurd om dat drakenei te gaan halen. Nu zit Charlie al sinds het begin achter mij aan omdat ik een voorwerp heb gevonden dat hij graag wil hebben. Naar mijn mening is Charlie een inhalige gek die alle eer en goud voor zichzelf wil hebben.'

Levio hoort haar aan en knikt langzaam.

'Aram zei al dat hij twee mensen door het portaal heeft zien komen. Een daarvan is vrijwel meteen richting de bergen gelopen, de andere is Aram uit het oog verloren. Al weet hij wel dat ook die persoon richting de bergen is vertrokken.'

'Nou, dat is dan mooi shit,' snauwt Hannah en ze zet haar lege mok op de grond. 'Hoe moet ik nou ooit terugkomen? Dat drakenei is duidelijk geliefd door Aram. Dat wil ik helemaal niet aan Livia geven.'

Terneergeslagen laat Hannah haar schouders hangen.

'Ik heb een idee,' zegt Levio langzaam. Hij kijkt Hannah doordringend aan. 'Daar heb ik jouw hulp en die van Aram bij nodig.'

Hannah knikt en ze lopen weer naar de grote grot, waar Aram nog steeds beschermend om het ei gekruld ligt. Kort legt Levio aan Aram uit waarom Hannah door het portaal is gekomen en dat er nog iemand bij haar was, die niet te vertrouwen is. Aram kijkt van Levio naar Hannah en snuift kort.

'Het is net of hij je kan verstaan,' fluistert Hannah tegen Levio.

'Waarom denk je dat ik je niet kan verstaan?' klinkt er een zware stem door haar hoofd. Hannah kijkt om zich heen. Wie heeft dat gezegd? Dan valt haar blik op Aram.

'Je kan spreken?' vraagt Hannah met stokkende adem.

'Spreken ... meer telepathische gedachten overbrengen,' antwoordt Aram, terwijl hij langzaam zijn kop opricht. 'Ook kan ik de ware gevoelens van anderen voelen. Ik voel dat jij geen kwaad in de zin hebt.'

Hannah knikt en beseft dat ze Aram staat aan te kijken. Snel wendt ze haar ogen af en kijkt naar Levio, die haar geamuseerd aan staat te kijken.

'Wij zijn op de hoogte van het portaal en van Livia. Wij kunnen helpen Livia weer naar deze kant te halen. Daarvoor hebben we wel Arams hulp en een replica van het ei nodig,' zegt Levio en hij richt zijn aandacht weer op Aram. Die knikt, staat op en loopt naar de uitgang van de grot.

'We zullen Livia terughalen naar waar ze thuishoort, zodat eindelijk het land weer in balans is,' klinkt de zware stem van Aram.

Hannah knikt vastberaden en loopt met de anderen mee naar buiten.

Hoofdstuk 16

Even later staan ze op een kleine open plek, niet ver van de grot vandaan.

'Hoe komen we aan een replica van het ei?' vraagt Hannah. 'Dat gaat Livia toch merken als ze het ei in handen heeft?'

'Zeker gaat ze dat merken, alleen zal ze dan aan deze kant van het portaal staan,' antwoordt Levio grimmig. 'Dan nemen wij het van je over. Wij weten hoe we Livia aan moeten pakken.'

'En Charlie dan?' vraagt Hannah zacht? 'Er kunnen maar twee mensen terug door het portaal.'

'Oh, Charlie zal ook zijn weg terugvinden door het portaal. Het portaal werkt zo: de hoeveelheid mensen die heen gaan, kan ook weer terug. Als er één persoon teruggaat, kan er weer één persoon heen door het portaal. Een soort wisselwerking. Volg je me nog?' vraagt Levio.

'Een beetje. Laten we eerst de replica van het ei maken. Dan kunnen we daarna op weg terug naar het portaal. Charlie zal daar vast ergens op de loer liggen,' antwoordt Hannah.

'Dat obstakel ruimen we uit de weg wanneer we hem tegenkomen. Je hebt gelijk, eerst het ei,' zegt Levio en hij kijkt naar Aram. 'Aram, als je zo goed zou willen zijn?'

Aram schudt met zijn kop en richt zich in zijn volle lengte op. Dan richt hij zijn kop naar beneden, sluit zijn ogen en ademt diep uit in de richting van de grond. Een wolk van ijs, lucht en kristallen komt uit zijn mond en daalt neer op de sneeuw. De wolk begint in rondjes te draaien en er straalt een fel licht uit. Zo fel, dat Hannah haar ogen moet afwenden tot het licht gedoofd is. Ze draait haar hoofd terug naar Aram en snakt naar adem. Daar, glinsterend in de sneeuw, ligt een ei. Door de matte, half doorzichtige schil is er zelfs een vorm zichtbaar.

'Het lijkt net echt,' fluistert Hannah ademloos en voorzichtig steekt ze een hand uit om het ei aan te raken.

'Dat is ook de bedoeling,' klinkt de brommende stem van Aram geamuseerd in haar hoofd.

'Maar hoe weet je dat Charlie niet intussen de grot is ingelopen en het echte ei heeft gepakt?' vraagt Hannah terwijl ze zich weer opricht.

'We hebben zo onze methoden,' antwoordt Levio geheimzinnig. 'Aram hoeft niet per se in het luchtruim te zijn om de aanwezigheid van iemand te voelen, weet je.'

'Je bedoelt: hij heeft magische krachten?' vraagt Hannah en ze voelt de opwinding over deze ontdekking door zich heen razen.

'Hoe denk je dat hij die replica heeft gemaakt?' vraagt Levio grijnzend.

'Hoe gaaf,' zegt Hannah ademloos en ze kijkt vol bewondering naar Aram. 'En jij, Levio? Heb jij ook magische krachten?'

'Helaas, Livia is de enige uit onze familie met magische krachten,' antwoordt Levio. Zijn grijns verdwijnt. 'Vroeger was ze heel anders, heel vrolijk en altijd iedereen aan het lachen makend met haar krachten. Die gebruikte ze om ijsvlokken te maken waar we achteraan konden rennen. Alles veranderde toen ze ontvoerd werd door een man in het zwart. Ze was zes jaar toen ze verdween. Pas veel later hoorde ik dat er een vrouw met blond haar en vermoedelijke krachten getrouwd was met Andrin en dat zij samen een zoon hadden. Ik had de hoop Livia levend terug te zien allang opgegeven. Pas toen ik haar met mijn eigen ogen had gezien, durfde ik het weer te geloven.'

'Wat moet dat moeilijk zijn geweest,' zegt Hannah en ze kijkt weer naar Aram. 'Hoe zijn jullie elkaar tegengekomen dan?'

'Levio is me te hulp geschoten toen de soldaten van Livia het ei probeerden te stelen,' bromt Aram. 'Sindsdien reizen we samen. Iemand anders hebben we niet.'

'Er zijn hier nog verschillende nederzettingen die bewoond worden, maar dat zijn er niet veel meer. De sneeuw blijft steeds langer liggen, waardoor meer mensen naar het zuiden trekken in de hoop dat het daar beter is,' zegt Levio.

'Wat ik van Kirk hoorde, klonk niet veel beter,' zegt Hannah en ze kijkt naar Levio. 'In het kasteel wordt er buitensporig gegeten, terwijl er nauwelijks iets overblijft voor de mensen die voor het kasteel werken.'

Dan wordt het tijd dat Livia weer terugkomt,' zegt Levio vastberaden. 'Dan kunnen jullie die zoon van haar aanpakken.'

'Ik geloof dat Kirk al een aantal plannen heeft om hem aan te pakken,' zegt Hannah. 'Goed, wat doen we nu?'

De wind waait door Hannahs haren, terwijl ze door de lucht heen raast. Aram heeft haar stevig vast en nu kan ze echt genieten van de rit, die veel korter is dan haar wandeling naar de bergen. Het duurt dan ook niet lang voordat Aram de daling inzet en ze terug in de sneeuw staat. Voorzichtig neemt ze het ei over van Aram, die het tijdens de vlucht vast had tussen zijn klauwen. Dan draait ze zich richting de poort, die eenzaam staat te schitteren in het zonlicht. Het lijkt op een deur naar een andere wereld, ook al bevindt de andere kant zich in het zuiden. Ze blijven uit het zicht van Livia, zoals afgesproken.

'Oké,' zegt Hannah. 'Wat nu?'

Levio kijkt peinzend om zich heen en wrijft met zijn hand even langs zijn gezicht.

'We houden ons aan het plan. Jij stapt de poort door met het ei, waarna je het ei terug de poort door gooit. Livia is zo gierig dat ze de poort door zal stappen om het ei te gaan halen. Waarom ze denkt dat een ei het weer kan beïnvloeden en haar macht geeft, is me een raadsel. Een draak daarentegen, geeft wel macht en aanzien. Daar komen we wel achter wanneer we haar gaan ondervragen.' Levio grijnst naar Hannah.

'Het enige wat dan overblijft, is die ander die met je mee door de poort kwam,' zegt Aram met zijn zware stem. 'Hij is in de buurt, dat kan ik je verzekeren.' Hannah voelt dat ze zenuwachtig wordt van die mededeling. De ervaring heeft geleerd dat Charlie nergens voor terugdeinst. Met moeite schudt ze het gevoel van zich af. Daarover nadenken komt later wel. Eerst focussen op haar taak: het ei naar Livia brengen. Ze ziet zichzelf weerspiegeld in het ei, een beetje vervormd en vol schitteringen. Haar haren steken alle kanten uit, ondanks het stukje leer dat ze bij elkaar bindt. Haar ogen zijn groot en ze ziet bleek. Toch kijkt ze op naar Levio en zegt: 'Ik ben er klaar voor.'

Hannah staat in haar eentje achter een hoge berg sneeuw. Levio en Aram zitten een stuk achter haar, klaar om toe te snellen wanneer het nodig is. Het ei houdt ze stevig in haar handen. Ze haalt diep adem en begint te lopen. Vanuit de lucht zag de poort er bijzonder uit, een deur midden in een veld. Nu ze er weer naartoe loopt, gaat haar hart sneller slaan. Haar handen worden klam, ondanks de kou en ze houdt het ei wat steviger vast. Ze is bijna bij de poort als een stem haar letterlijk doet bevriezen:
'Stop daar maar.'
Het is Charlie, die een er scherp uitziende dolk op haar gericht houdt.
'Wat doe je?' sist Hannah boos. 'Besef je niet dat dit onze kans is om hier weg te gaan?'
'Natuurlijk wel, alleen is dit mijn kans om weg te gaan. Jij blijft hier,' glimlacht Charlie boosaardig.
Mooi niet, denkt Hannah en ze rent naar voren, de poort in. Ze voelt een luchtvlaag langs haar benen glijden, maar Hannah rent alsof haar leven ervan afhangt. De adrenaline is hoog en snakkend naar adem staat ze in de kamer van Livia stil. Verwilderd kijkt ze rond, op zoek naar Livia. Dan voelt ze een hand die de stof van haar jas vastpakt en haar naar achteren begint te trekken. Wild slaat ze om zich heen, het ei onder een arm vastgeklemd.
'Denk maar niet dat je zo makkelijk van me afkomt,' gromt de stem van Charlie in haar oor.
Inmiddels is Hannah al half door de poort heen teruggetrokken. Haar hoofd ligt alweer in de sneeuw. Ze moet terug de kamer in, de poort moet gesloten worden! Ze slaat met haar vrije hand naar achteren en ze moet iets geraakt hebben, want Charlie gromt en de hand die de stof van haar jas vast heeft, verslapt een beetje. Hannah worstelt zich los en probeert op handen en

voeten de poort weer te bereiken. Dan wordt opeens alle lucht uit haar longen geslagen en valt ze op de grond. Ze ziet sterretjes en een golf van paniek komt in haar op: ik ga hier dood, denkt ze bij zichzelf. Een zwaar gewicht drukt haar tegen de grond en ze hoort een zware ademhaling bij haar oor. Charlie, beseft ze met een schok.

Uit pure doodsangst schopt en maait Hannah met haar armen en benen, alles om het gewicht van zich af te halen. Het ei heeft ze losgelaten. Dit mag niet in de handen van Charlie of erger nog, Livia vallen. Ze trekt haar armen onder zich, duwt zich een beetje van de grond en gooit rollend haar lichaamsgewicht in de strijd. Hijgend kijkt ze om zich heen, zoekend waar Charlie gebleven is. Hij ligt naast haar en begint weer op te staan. Hannah stort zich op hem, woest slaand met alle woede en paniek die ze in zich heeft. Ze raakt hem met een vuist in zijn buik en draait zich een klein stukje om, om vervolgens een elleboog vol in zijn gezicht te planten. Door die beweging komt Charlie met een ruk weer omhoog. Hannah ziet haar kans schoon. Ze pakt hem bij zijn schouders en met alle kracht die ze nog in zich heeft, stoot ze met haar knie vol in zijn kruis. Kreunend laat Charlie zich op de grond zakken en snel stapt Hannah achteruit.

Een mes, hij heeft ergens een mes, denkt ze terwijl ze om zich heen kijkt. Maar het mes kan ze niet vinden. Snel pakt ze het ei op en stapt weer door de poort. Daar kijkt ze in de ijsblauwe koude ogen van Livia.

'Ik moet zeggen dat ik niet verwacht had dat het je zou lukken,' glimlacht Livia vals. Ze steekt haar haren uit. 'Geef het ei aan mij.'

Hannah voelt de koude lucht van de poort achter zich en de vastberadenheid keert terug in haar ogen.

'Nee,' zegt ze.

'Nee?' herhaalt Livia terwijl ze haar armen langzaam laat zakken. 'Weet je wel tegen wie je het hebt?'

'Oh, jazeker, maak je daar maar geen zorgen om,' mompelt Hannah terwijl ze een kleine pas schuin naar achteren zet. Livia doet een stap naar voren en haalt uit naar Hannah. Hannah gooit met alle kracht die ze nog heeft het ei zo ver mogelijk de sneeuw in.

'NEE!' schreeuwt Livia en ze stormt achter het ei aan. Wanneer ze bij het ei aankomt, knielt ze erlangs en voorzichtig neemt ze het ei in haar armen. Aram scheert door de lucht met Levio op zijn rug, duikt naar Livia en grijpt haar in zijn klauwen. Het geschreeuw van Livia is nog lang te horen, maar daar let Hannah al niet meer op. Zodra ze zag dat Aram en Levio Livia hadden, wist ze het volgende deel van hun plan weer: de poort smelten.

In de grote haard brandt een enorm vuur, dat voldoende hitte uitstraalt om de poort te smelten. Dat hoopt Hannah althans. Ze rukt de gordijnen van de muur en zet de ramen open, om het vuur met zuurstof te voeden. De gordijnen legt ze aan beide kanten van de poort neer, zodat de deurpost smelt en op die manier de deur gesloten kan worden. Wanneer de deurpost smelt, verandert de poort weer in een muur, zo is haar uitgelegd door Levio. Dan loopt ze naar het vuur om daar de grootste blokken uit het vuur te halen. Die legt ze op de gordijnen, die snel vlam vatten. Niet veel later ligt er aan beide zijden van de poort een redelijk vuurtje, waarmee het smeltproces in gang wordt gezet. Dan klinkt er een geschuifel en een grote bons. Hannah kijkt op vanaf haar plek bij de haard en haar hart wordt kil. Charlie heeft zich nog door de poort weten te slepen voordat deze volledig gesmolten was. Vanaf de grond gezien is de poort nu half gesloten. Het ijs dat het dichtst bij het vuur lag, is weg en heeft een plas gevormd op de grond. Snel legt Hannah nog een paar grote blokken op de vuurtjes en alles wat maar een beetje kan branden erbovenop. Sissend komt het vuur in aanraking met de steeds groter wordende plas water, maar het vuur is inmiddels zo heet dat het water kookt.

'Gelukkig is de vloer van steen, anders had ik de hele toren in vlammen laten opgaan' denkt Hannah wrang. Ze werpt een blik op Charlie, die nog steeds kreunend op de vloer ligt. Die ligt daar prima, besluit ze, en ze richt haar aandacht weer op de poort. Het ijs begint met steeds snellere stroompjes te smelten.

Inmiddels is de poort voor meer dan driekwart gesloten. Dan voelt ze een hand om haar enkel.

'Dit is jouw schuld,' sist Charlie vol haat. 'Ik krijg je nog wel.'

Hannah schopt met haar andere voet zijn hand weg en grijpt de kandelaar van het nachtkastje.

'Dat zullen we nog weleens zien,' zegt ze en ze zwaait de kandelaar met een hoge boog op het hoofd van Charlie. Zijn ogen draaien weg en een grote bloedvlek spreidt zich onder hem uit. Hannah laat de kandelaar vallen en een diepe snik welt in haar op. Het vuur begint langzaam te doven door de hoeveelheid water die inmiddels langs de muren naar beneden stroomt. De poort is volledig gesloten, dat gedeelte is eindelijk voorbij. Hannah laat haar tranen lopen terwijl ze achteruit wankelt en zich tegen de muur aan naar beneden laat glijden. De wanhoop, angst en woede huilt ze eruit. Na een tijdje wordt ze wat rustiger en kijkt ze om zich heen. Ze moet de weg terug naar Kirk en Liam zien te vinden. Ze werpt een blik op het vuur, dat nu alleen nog uit gloeiende kolen bestaat. Om het vuur niet verder aan te wakkeren, doet ze de luiken dicht en stapt naar de deur. Er zit helaas geen sleutel in het slot, dus ze hoopt maar dat Charlie nog een hele tijd bewusteloos blijft. Ze trekt de deur achter zich dicht en begint aan de terugtocht.

Hoofdstuk 17

Na lang zoeken komt ze uiteindelijk in de keukens terecht, waar ze Lea tegen het lijf loopt. Die werpt een blik op haar, zet grote ogen op en haast zich naar Hannah toe.

'Wat is er in hemelsnaam met je gebeurd?' fluistert ze bezorgd, terwijl ze een hand over Hannahs gezicht laat gaan. 'Kom, ik breng je naar de anderen. Die zijn buiten zichzelf van ongerustheid, met name die knappe man van je.'

Hannah kan nog net de energie opbrengen om een flauw glimlachje op haar lippen te toveren en laat zich meevoeren door Lea. Niet veel later lopen ze de geheime trap op waar de anderen zich schuilhouden. Lea duwt de deur open en loodst Hannah voorzichtig naar een tafel. Hannah heeft geen idee hoe ze eruit moet zien, maar het kan niet goed zijn.

'Hannah!' klinkt een stem en dan wordt ze platgedrukt tegen een brede borst. Hannah leunt tegen Liam aan en denkt: eindelijk veilig.

Liam laat haar langzaam los en neemt haar in zich op.

'Ik zie er niet best uit, hè?' vraagt Hannah zachtjes.

'Je ziet er prachtig uit,' zegt Liam met verstikte stem. 'Toen Lea zei dat Charlie je had meegenomen, wist ik niet waar ik het zoeken moest. Ik wilde meteen achter je aangaan, maar Kirk hield me tegen.'

Een boze blik wordt over de schouder van Hannah geworpen, naar waar ze vermoedt dat Kirk staat.

'Je had me ook niet gevonden. Ik was niet meer in het kasteel,' fluistert Hannah. Nu ze weer terug op bekend en vooral veilig terrein is, komt de vermoeidheid van alles wat ze heeft meegemaakt in grote golven opzetten. Ze hoorde voetstappen en Kirk verschijnt in haar gezichtsveld.

'Heb je nog energie over om te vertellen wat je hebt meegemaakt?' vraagt hij bezorgd. Hannah knikt. Ze moet het nu vertellen, anders verliezen ze kostbare tijd. Met horten en stoten vertelt Hannah wat er gebeurd is nadat Lea en zij betrapt waren door Charlie en hij haar meenam naar Livia.

'Livia?' zegt Kirk scherp. 'Heeft hij contact met Livia?'

'Niet meer,' zegt Hannah en ze vertelt wat er in het sneeuwgebergte is gebeurd.

Na een poosje is Hannah uitgepraat en dankbaar accepteert ze een beker wijn van Lea, die niet ver van haar zijde is geweken. Net als Liam trouwens; die zit naast haar met een arm over haar rugleuning.

'Dus Charlie ligt nog in de kamer van Livia?' vraagt Kirk. Hannah knikt, te moe om nog een woord te zeggen.

'En die is niet op slot?' Hannah schudt haar hoofd.

'Corsin, neem twee mannen mee en ga kijken in de kamer. We moeten zorgen dat die eikel achter slot en grendel blijft,' zegt hij gebiedend.

Corsin knikt en wenkt twee mannen, waarna ze gedrieën de kamer uitlopen.

'En jij gaat in bad,' zegt Kirk zacht tegen Hannah. 'Daarna staat hier een maaltijd voor je klaar, als je nog zo lang wakker kan blijven.'

Lea loopt naar Hannah toe en steekt voorzichtig haar arm onder de arm van Hannah, met de bedoeling haar te ondersteunen. Ineens voelt Hannah twee sterke armen: één achter haar rug en één onder haar knieën, die haar zo omhoog tillen.

'Waar is het bad?' vraagt Liam en Lea loopt voor hem uit naar de deur.

'Ik kan echt zelf wel lopen, hoor,' mompelt Hannah zacht, terwijl ze haar gezicht rood voelt aanlopen.

'Denk maar niet dat ik je voorlopig alleen laat,' klinkt Liams gefrustreerde stem boven haar.

Samen met Lea trekt Hannah haar kleren uit, de schaamte voorbij dat Liam erbij is. Lea ademt scherp in bij het zien van de talrijke blauwe plekken op het lichaam van Hannah, hier en daar een schram van een tak of het mes van Charlie. Langzaam laat Hannah zich in het warme water zakken. Ze sist van pijn wanneer haar open wonden het water ingaan. Ze probeert er niet te veel aan te denken, maar de tranen vullen haar ogen weer. Ze laat het opkomende gevoel van angst, boosheid en verdriet over zich heen spoelen en knijpt haar ogen dicht. Dikke tranen glijden langs haar gezicht omlaag en onderdrukte snikken vullen de ruimte. Dan voelt ze opeens een hand op haar hoofd en de zachte stem van Lea: 'Gooi het er maar uit.' En dat doet ze. Lange uithalen van verdriet vullen de ruimte. Een andere, grotere hand voelt ze op haar rug en Liam komt aan de andere kant van haar zitten. Zo blijven ze een tijdje samen, totdat Hannah beverig ademhaalt.

'Het spijt me,' fluistert ze zacht.

'Waarvoor?' vraagt Lea. 'Ik zou precies hetzelfde doen als ik had meegemaakt wat jij de afgelopen uren hebt door moeten maken.'

Hannah haalt diep adem en kijkt naar Liam, die met een doek klaarstaat. Hij zegt niks, maar zijn bewegingen vertellen haar dat het oké is. Dat ze nu veilig is. Hij maakt de doek nat en haalt deze voorzichtig over haar gezicht. Wanneer hij de doek weer in het water doet, ziet Hannah bloedsporen op de doek. Ze laat zich wassen door Lea en Liam, waarna ze in dikke kleden gehuld wordt. Wanneer ze de kamer weer binnen stappen, voelt Hannah zich iets lichter. Uitgeput laat ze zich in een stoel zakken vlak bij het vuur, waar een grote schotel op tafel staat.

'Eet zoveel je kan,' zegt Kirk.

Niet veel later heeft Hannah voldoende gegeten en leunt ze achterover in de grote stoel. Haar ogen vallen dicht en ook al probeert ze die open te houden, het lukt haar niet. Ze zakt weg in een droomloze slaap.

Hannah knippert met haar ogen. Deze kamer herkent ze niet. Het laatste wat ze zich herinnerde, is het warme vuur waar ze voor zat. Ze kijkt de kamer rond. Het is een eenvoudige kamer. Er staat een bed, een tafel en een stoel. Ook is er een open haard, waar een klein vuurtje brandt. Langzaam richt ze zich op en ze stapt het bed uit. Haar hele lichaam doet pijn en ze krimpt een beetje in elkaar. Voor zover ze kan voelen, is er niks gebroken, al is er genoeg gekneusd. Langzaam voelt ze een voor een aan al haar ledematen, waarbij de verschillende schram- en snijwonden prikken. Haar hoofd bonst en ze heeft dorst. Na nog een blik door de kamer valt haar oog op een bundeltje kleren op de stoel. Voorzichtig trekt ze de kleren aan en stapt de deur door de gang op. De gang herkent ze ook niet. Ze loopt naar de deur tegenover haar en klopt op de deur. Geen antwoord. Ze duwt tegen de deur en deze zwaait naar binnen open. Het is eenzelfde kamer als waar ze wakker werd. Ze trekt de deur weer dicht en hoort een deur opengaan aan de andere kant van de gang. Corsin komt naar buiten gelopen.

'Ah, je bent wakker,' zegt hij en blijft op een kleine afstand staan. 'Deze kant op.'

Hij loopt voor haar uit naar het eind van de gang en doet de deur open. Die komt uit op de zaal waar ze gisteravond in slaap is gevallen.

'De deur zit verstopt in de muur. Alleen als je weet waar de deur is, kun je die zien,' legt Corsin uit terwijl ze naar de tafel lopen. 'Mocht de vijand deze ruimte ontdekken, dan zijn de slaapvertrekken verborgen en kunnen er mensen ontsnappen.'

Hannah knikt. Het klinkt logisch.

'Heb je Charlie gevonden gisteren?' vraagt ze en ze gaat in een stoel zitten. Corsin kijkt grimmig.

'Nee, maar aan de bloedvlek op het tapijt te zien, heb je hem goed geraakt,' zegt hij en pakt een stuk brood.

'Weer ontsnapt,' zucht Hannah en ze laat zich in haar stoel zakken.

'Maak je niet druk, vandaag vinden de terechtstellingen plaats,' grijnst Corsin. 'Een mooie kans om hem weer te pakken.'

'Is dat al vandaag?' vraagt Hannah verbaasd. 'Hoelang heb ik geslapen?'

'Gisteren ben je aan het eind van de middag teruggekomen en niet lang na het bad in slaap gevallen,' klinkt een nieuwe stem aan haar andere kant. Hannah draait haar hoofd en glimlacht breed naar Liam.

'Goedemorgen,' zegt ze en begint haar bord op te scheppen. Opeens hangt haar hand stil.

'De munt?' vraagt ze aan Liam. Die klopt op zijn borst.

'Die heeft Lea mee teruggenomen en heb ik in mijn bezit,' zegt hij.

Hannah haalt opgelucht adem. Dat is een zorg minder. Ze was alweer vergeten dat ze de munt terug hadden gehaald bij Charlie.

Na het ontbijt begint de voorbereiding voor de inval. Hannah zit aan tafel te luisteren terwijl ze haar ontbijt opeet. Niet veel later beginnen de mannen zich klaar te maken voor de strijd. Zwaarden worden geslepen, dolken gepoetst en plannen nog een keer doorgenomen. Hannah wordt door Lea meegenomen en ze krijgt twee dolken, een die vastgebonden wordt bij haar enkel en nog een die strak in een lederen schede om haar onderarm wordt vastgezet.

'Ben je er klaar voor?' vraagt Lea aan Hannah.

'Zo klaar als ik maar kan zijn,' antwoordt Hannah met een knikje.

Ze lopen weer naar de kamer, waar de anderen zich rondom Kirk verzameld hebben.

'Oké,' zegt Kirk. 'Dit is nog één keer het plan. Corsin, jij gaat met Sipp, Lea en Hannah mijn erfstuk halen. Deze ring is magisch. Wanneer de echte koning van het land de ring tijdens de kroning om zijn vinger doet, straalt deze een licht uit. Xander heeft deze in zijn bezit en in een geheime alkoof weggelegd. Deze kun je vinden door stenen in de juiste volgorde in te drukken achter het schilderij van mijn vader in zijn studeerkamer. De volgorde van de reeks weet ik niet precies, ik ben al heel lang niet in de werkkamer van mijn vader geweest. Wel weet ik dat je de volgorde in het juiste licht kan vinden. In de tussentijd gaan wij met veel lawaai voor afleiding zorgen en het schavot bestormen.'

Liam knijpt even in de hand van Hannah en kijkt haar aan.

'Ik zie je straks weer,' zegt hij en drukt een kus op haar slaap.

'Tot straks,' zegt Hannah en ze kijkt hem na tot ze uit het zicht verdwenen zijn.

De anderen staan over de tafel gebogen naar de plattegrond van het kasteel te kijken.

'Goed,' zegt Corsin. 'Zo gaan we het aanpakken.'

Hoofdstuk 18

Hannah loopt achter Sipp aan de geheime gang uit. Vlak voor de hoek geeft Sipp een stopteken en kijkt voorzichtig om de hoek. Een kwartier daarvoor zijn Liam, Kirk en de rest van de mannen al vertrokken. Ineens klinkt er een hoop kabaal en hoort Hannah het gerinkel van harnassen.

'Niks meer te zien, laten we gaan,' zegt Sipp zacht en stapt de gang op.

Hannah loopt achter hem aan en voelt haar hartslag langzaam oplopen. De gang is donker en in de verte is het wegstervende geluid van gerinkel te horen. Sipp loodst iedereen snel en zelfverzekerd door de gangen. Als Hannah dit alleen had moeten lopen, was ze vast en zeker verdwaald. Alle gangen lijken op elkaar, al komen sommige gangen haar bekender voor. Dat zal vast komen doordat ik daar met Lea doorheen gelopen ben, redeneert ze, en ze loopt snel door. Na een tijdje worden de gangen lichter door het licht dat door de ramen heen stroomt en er hangen wandkleden aan de muren. Dit lijkt op de gang die naar de kamer van Charlie leidde, beseft Hannah. Ze moeten een paar keer stoppen, zodat wachters en kamermeisjes hun aanwezigheid niet opmerken. Niet veel later lopen ze een gang in met aan het eind een rijkversierde, dubbele deur.

'Dat is de kamer die we moeten hebben,' zegt Sipp, en hij wijst met zijn zwaard naar de deur.

'Nu hopen dat er niemand binnenkomt op het moment dat wij naar de ring aan het zoeken zijn,' mompelt Hannah. Sipp duwt de deur open.

De kamer is enorm en van vloer tot plafond bedekt met boekenplanken en wandkleden. Het plafond is rijkelijk versierd met schilderingen en tegenover de deur staat een bureau op klauwpoten. Het bureau is zwaarbeladen met papieren en boeken. Het ziet er rommelig uit. Alsof iemand door de papieren heeft staan zoeken naar iets. Lades staan halfopen en papieren liggen om het bureau op de grond.

'Nou, wij zijn niet de eersten die op zoek zijn naar iets in deze kamer,' merkt Corsin droogjes op en hij loopt naar het bureau. Daar begint hij door de papieren te rommelen.

'Moeten we niet achter het schilderij van de koning kijken?' merkt Hannah op terwijl ze naar het portret loopt.

'Zeker,' bromt Corsin. 'Alleen zullen we dan ook de juiste volgorde van de stenen nodig hebben die we in moeten drukken, of niet? Kirk zei iets over de volgorde in het juiste licht vinden.'

'Goed punt,' mompelt Hannah en staat stil voor het portret. De gelijkenissen met Kirk zijn zo groot, dat het bijna griezelig is. Toch zijn er ook verschillen, als je goed kijkt. Op het gezicht van de man op het schilderij loopt een litteken dwars over zijn wenkbrauw, zijn neus staat scheef en hij draagt meerdere ringen aan de hand die om zijn zwaard heen geklemd is. Hannah gaat dichter bij het portret staan, om de ringen beter te kunnen bekijken. Een van die ringen zou de ring moeten zijn die Kirk nodig heeft om zijn claim aan te tonen. Alle ringen hebben een edelsteen in het midden en zijn rijkelijk versierd. Hoe weten ze welke ring ze moeten hebben?

'Goed,' klinkt een stem naast haar en Hannah schrikt. Ze kijkt opzij en ziet Sipp staan. 'Zullen we dat portret eens van de muur af tillen?'

Corsin gebaart naar Hannah dat ze opzij moet gaan en samen met Sipp tilt hij het portret van de muur. Lea staat aan de andere kant van de kamer bij een ander portret, ditmaal van een vrouw die een baby vasthoudt.

'Hannah, zie jij ook iets vreemds aan dit portret?' vraagt ze en staart naar het schilderij.

Hannah kijkt vluchtig naar de muur die achter het portret van de koning tevoorschijn is gekomen, maar ziet niets vreemds dat lijkt op een geheime alkoof. Ze loopt naar Lea toe en gaat naast haar voor het portret staan. Ze neemt het in zich op. De houding van de vrouw die de baby vasthoudt, is liefkozend. Dit moet de moeder van Kirk zijn; de vrouw van de koning. Ze is prachtig, met donker haar, lichtbruine ogen en een rechte houding. De lichtinval is apart in het portret, alsof ze omgeven is door sterren. Dan ziet Hannah iets wat haar doet omdraaien. Ze neemt de kamer in zich op. De kamer waar de vrouw in staat voor het portret is deze kamer. Wie weet staat er een aanwijzing in het schilderij. Hannah draait zich weer om en tuurt naar het portret.

'Wat is er?' vraagt Lea. Hannah wijst naar het werk.

'Dit portret is in deze kamer gemaakt. Misschien staat er een aanwijzing in.'

Lea stapt dichterbij en legt haar hoofd in haar nek.

'Er moet toch een aanwijzing zijn,' mompelt ze en staart naar het portret. Hannah slaakt een zucht en kijkt de kamer rond. Tegen de muur staat een dressoir. Daar loopt ze naartoe. In het dressoir zelf zit niets van waarde. Er is geen aanwijzing die ze kunnen gebruiken. Gefrustreerd schuift Hannah de lade met een klap dicht en kijkt nog eens naar het portret van de koningin.

'Wacht eens,' zegt ze en doet een stap dichterbij. 'Nee, vanaf hier is het niet te zien.'

'Wat is er?' vraagt Corsin ongeduldig. 'We moeten haast maken, zo meteen komen de wachters terug.'

'Kijk, vanaf hier,' zegt Hannah enthousiast en wenkt Corsin. Brommend gaat hij naast haar staan en kijkt ook naar het portret.

'En wat moet ik zien dan?'

'Zie je het licht op de muur achter de koningin?' vraagt Hannah en ze wijst naar het portret.

'Ja, wat is daar zo bijzonder aan? vraag Corsin met een wenkbrauw opgetrokken.

'Doe eens een stap naar voren,' zegt Hannah enthousiast. Corsin stapt naar voren terwijl hij naar het portret blijft kijken.

'Krijg nou wat,' mompelt hij verbaasd. Hij doet weer een stap naar achteren en krijgt een grote grijns op zijn gezicht.

'Goed gedaan, meisje,' zegt hij en geeft Hannah een flinke por tegen haar arm. Hannah grijnst terug terwijl ze haar evenwicht probeert te bewaren. Corsin is anderhalve kop groter en twee keer zo zwaar als zij, maar ze weet rechtop te blijven.

'Ik heb de stenen onthouden. Denk je ook dat we het patroon moeten volgen van de grootste stralen naar de kleinste?' vraagt hij terwijl hij naar de muur achter het bureau van de koning loopt.

'Ja, dat lijkt me het meest voor de hand liggend,' zegt Hannah opgetogen.

'Kan iemand mij eindelijk uitleggen wat er zo interessant is aan dat portret?' vraagt Lea ongeduldig, terwijl Corsin de stenen indrukt. Hannah wilt het uitleggen, maar haar aandacht wordt getrokken naar de muur waar Corsin staat. De stenen zakken een beetje in de muur weg en deze schuift uit elkaar. Daarachter komt een berg aan documenten en juwelen tevoorschijn. Eén juweel valt op. Het is een ring met een grote steen in het midden. Het lijkt of het sterrenstelsel in de ring aanwezig is: de steen heeft een donkerblauwe achterkant en schittert aan alle kanten.

'Dat is de ring die we zoeken,' zegt Corsin en pakt de ring met doosje en al op.

Hannah kijkt naar Lea, die inmiddels naast haar is komen staan.

'Kijk eens vanaf deze plek naar het portret en doe dan een stap naar voren,' zegt ze en gebaart naar voren. Lea doet wat Hannah vraagt en hapt naar adem.

'De stralen verdwijnen!' zegt ze opgewonden en doet weer een stap naar achteren. 'Niet te geloven dat zoiets bestaat.'

Hannah knikt en kijkt weer naar het portret. Vanaf waar ze staat, bij het dressoir, valt er licht op het portret, waardoor er op de muur achter de koningin vier sterren beginnen te fonkelen. De vier sterren zijn geplaatst op bepaalde bakstenen in de muur en ze stralen niet allemaal hetzelfde licht uit; de ster boven de linkerschouder van de koningin is het felst, dan de ster twee bakstenen naar rechts. Daarna komt de ster die twee stenen omhoog en een naar links is geplaatst en als laatste de ster op de baksteen drie naar onderen. Maar wanneer je een stap naar voren zet, zijn de stralen verdwenen en ziet het portret er weer heel normaal uit.

'We moeten gaan, we hebben alles waarvoor we kwamen,' zegt Sipp en hij kijkt voorzichtig om de hoek van de deur. 'Tot nu toe is er niemand te zien, maar dat zal niet lang meer duren.'

Hannah ontwaakt uit haar dagdroom en stapt achter Sipp aan de gang op.

De geluiden klinken steeds harder en na een paar keer de hoek te zijn omgeslagen, komen ze oog in oog te staan met Charlie en zijn wachters.

'Zo, zo,' zegt hij en knijpt zijn ogen samen. 'Wat hebben we hier? Twee dames in nood en twee bullebakken. Maak je geen zorgen; die bullebakken zijn snel weg van jullie. Daarna mogen jullie mij hartelijk bedanken.'

Hannahs hart gaat als een bezetene tekeer. Sipp en Corsin zijn sterke en grote mannen, maar Charlie heeft veel meer mannen bij zich, die er allemaal uitzien als ongure types. Niet de wachters die je zou verwachten in het kasteel. Hannah stapt langzaam naar achteren, maar op het moment dat ze beweegt, zijn de ogen van Charlie op haar gericht.

'En waar denk jij heen te gaan, prinses?' grijnst hij en zet een stap naar voren. 'Jij en ik hebben nog een appeltje te schillen.'

Opeens wordt het zicht van Hannah geblokkeerd door Corsin die voor haar is gaan staan.

'Zo, zo, heb je een andere prins gevonden?' vraagt Charlie en ze kan de spottende blik bijna voelen. 'Dat maakt niet uit, je krijgt je verdiende loon wel voor wat je mij hebt aangedaan.'

Hannah voelt de woede door zich heen razen. Wat zij hem heeft aangedaan? De ironie is haast tastbaar. Hij is degene die met een pistool gezwaaid heeft. Wie staat er nu als een dreiging voor hen? Dan voelt Hannah een hand op haar arm en ze kijkt opzij in de groene ogen van Lea. Die kijken haar waarschuwend aan en ze schudt kort met haar hoofd. De boodschap komt duidelijk over: niet doen, dan wordt het alleen maar erger. Hannah blaast haar ingehouden adem uit en kijkt weer naar de rug van Corsin. Die heeft zijn rechterhand op het gevest van zijn zwaard en zijn andere achteloos achter zijn rug geplaatst. In die hand zit het doosje met de ring die naar Kirk moet. Corsins hand beweegt een klein beetje, alsof hij wil zeggen: pak het aan. Hannah pakt in een opwelling het doosje uit zijn hand doet het open. De ring schittert haar tegemoet en ze doet deze om haar wijsvinger, waarbij ze de steen naar de binnenkant van haar hand draait. Het doosje stopt ze onder haar lijfje, de jurk die ze draagt heeft geen zakken. Gelukkig is het doosje plat genoeg om geen opzichtige bolling te veroorzaken. De lucht om de twee groepen lijkt te knetteren van de energie; elk moment kunnen de mannen aanvallen.

'Nou, dan wil ik nu graag hebben wat jullie aan het zoeken waren,' zegt Charlie.

'Wie zegt dat wij op zoek zijn naar iets?' vraagt Sipp. Vanaf waar Hannah staat, ziet ze zijn gezicht; ze kan de half opgetrokken wenkbrauw en een boze uitdrukking zien. Sipp is zo gaan staan dat Lea achter hem staat. Lea geeft hem een seintje door op zijn rug te tikken en Sipp trekt een schouder op. Aan het gezicht van Lea is te zien dat de boodschap ontvangen en begrepen is. Dan kijkt ze Hannah aan en gebaart naar de gang schuin achter haar. Hannah ziet dat Lea haar lichaam draait richting de gang en begrijpt plots wat ze gaan doen: Sipp en Corsin houden de mannen van Charlie tegen en zij gaan de ring naar Kirk brengen. Hannah knikt en haalt diep adem om de adrenaline een beetje naar beneden te krijgen.

'Kom op zeg, ik ben niet stom,' zegt Charlie. 'Xander heeft mij zelf verteld dat ik de werkkamer van zijn vader in de gaten moest houden. Blijkbaar is er een of ander kroonjuweel dat ervoor zorgt dat hij de troon kan overnemen, maar wat precies wist hij ook niet. Hiervoor heb ik zelfs mijn eigen wachters meegekregen.' Hij gebaart naar de mannen om hem heen.

'Je ziet toch dat wij niks hebben. Xander heeft je vast verkeerd ingelicht om alle actie voor zichzelf te hebben,' zegt Corsin uitdagend.

'Oh ja?' zegt Charlie. 'Wat was dat kleine doosje dan dat jullie uit die muur hebben getrokken?'

Hannah staart naar Lea. Heeft hij hen door de deuropening bespioneerd?

'Ik weet dat jij het hebt,' zegt Charlie.

'Ik heb niks,' bromt Corsin en zijn rugspieren beginnen zich aan te spannen.

'Als jij het niet hebt, dan heeft de prinses het,' zegt Charlie. 'En ik kan niet wachten om het van haar af te pakken.'

Plots gebeurt er van alles tegelijkertijd. Sipp en Corsin storten zich naar voren en Lea pakt de arm van Hannah. Onder luid gekletter van staal op staal zetten ze het op een rennen.

Hoofdstuk 19

'Denk maar niet dat je kan ontsnappen, prinses!' hoort Hannah Charlie roepen, terwijl ze hard door de gang rennen. Hannah werpt een blik achter zich en ziet Charlie op vijf passen achter haar lopen, samen met nog drie andere mannen.

Oh, shit, denkt ze en paniek maakt zich van haar meester. Onwillekeurig komen de herinneringen van het ijsland terug naar boven: de aanval van Charlie op haar, zijn adem in haar oor, zijn handen op haar lichaam, haar paniek en de uiteindelijke overmeestering door hem met een zwaar voorwerp te slaan.

Ik kan nu niet in paniek raken, ik moet logisch nadenken, denkt ze en probeert het nare gevoel van zich af te schudden. Plots voelt ze een hand, die haar rakelings mist. Ze slaakt een harde gil en gaat harder lopen.

'Hierheen!' roept Lea en ze duikt links een andere gang in. Hannah is de gang al voorbij en heeft geen andere keus dan door te lopen.

'Jullie volgen die roodharige, ik ga achter haar aan!' hoort ze Charlie schreeuwen en de voetstappen achter haar worden minder. Maar de voetstappen die ze hoort, jagen haar meer angst aan dan elke andere voetstap. Hannah rent blindelings voort, maar na een paar gangen beseft ze dat ze niet zo door kan gaan. Die ring moet naar Kirk en ze heeft geen idee waar ze nu is. Als er nu ramen in de buurt waren, kon ze kijken of ze bij de binnenplaats was. Vastberaden rent ze voort; ze is een vrouw met een missie. De eerste stap is naar beneden zien te komen. De werkkamer was op de derde etage. De eerste de beste trap die ze tegenkomt, stormt ze af naar beneden, om vervolgens in een gang uit te komen met een hoop harnassen. Achter die harnassen is een kleine alkoof, waar ze met een beetje wringen tussen kan gaan staan. Ze hoort Charlie de trap af stormen en neemt een besluit. Aan haar linkerhand staat een enorm harnas. Snel doet ze de arm opzij en gaat achter het harnas staan.

Haar ademhaling gaat snel en hard. Ze drukt haar hand tegen haar mond om de geluiden te dempen. Charlie stopt onderaan de trap en ze kan een silhouet zien bewegen.

'Ik weet dat je hier bent,' zegt hij en de rillingen lopen over haar rug. 'Het enige wat ik van je wil is dat kleine doosje, daarna laat ik je gaan.'

Ja, dacht het niet, denkt Hannah. Niet na alle uitspraken die je net hiervoor hebt gezegd.

Ze ziet Charlie langzaam de gang door lopen. Hij komt steeds dichter bij het harnas waar ze achter verstopt is. Wanneer hij voor het harnas staat en zich naar haar toe draait, geeft Hannah een flinke duw tegen het harnas aan. Met een luid gekletter valt het harnas boven op Charlie. Vloekend springt hij achteruit, maar hij kan niet voorkomen dat een gedeelte van het harnas op zijn voeten terechtkomt. Hannah springt langs hem heen en zet het weer op een lopen. Ze ziet dat Charlie een uithaal naar haar doet en kan hem net ontwijken.

'Je kan me niet eeuwig ontwijken!' schreeuwt hij haar na en begint achter haar aan te lopen.

Maar wel proberen, denkt Hannah en slaat de hoek om.

Hannah rent verder, op zoek naar een trap die haar naar beneden kan leiden. Ze hoort de voetstappen van Charlie achter zich en werpt een blik achterom. Dat harnas was niet zo zwaar als ze gedacht had, want op een hele lichte hink na loopt Charlie nog net zo snel als daarnet.

'Wacht maar, ik krijg je wel!' gromt hij, terwijl Hannah probeert sneller door te lopen. Ze voelt dat ze moe wordt; dit kan ze niet zo volhouden. Ze moet naar beneden of een raam vinden. Ze slaat weer een hoek om en eindelijk herkent ze iets van de omgeving. Vanaf hier weet ze de weg naar de keukens en vanaf daar kan ze naar buiten. De trap die ze nodig heeft, is aan de andere kant van het kasteel. Ze loopt nu over een balustrade die uitzicht geeft op de troonzaal beneden. De lange muren aan beide kanten geven toegang tot kamers en verdere verdiepingen omhoog. De korte kanten bevatten beide ramen. Wanneer

Hannah langs de ramen rent, kan ze de binnenplaats zien, wat betekent dat ze nu boven de toegangspoort loopt. Dan voelt ze een hand om haar pols sluiten en komt ze struikelend tot stilstand. Wanhopig probeert ze zich los te trekken, maar Charlies hand klemt zich als een bankschroef om haar pols heen. Met grote ogen kijkt ze hem aan. Hij grijnst wreed naar haar.

'Zo, dit moet wel herinneringen geven of niet?' zegt hij met een zachte stem en duwt haar tegen de muur aan. 'Nu ga je eindelijk geven wat ik wil, anders pak ik het zelf.'

'Ik heb het niet,' hijgt Hannah en draait haar gezicht van Charlie weg. Die is verontrustend dichtbij gekomen en ze ruikt zijn adem. Haar ademhaling gaat omhoog en ze knijpt haar ogen dicht.

'Oh nee, weet je het zeker?' vraagt hij en laat zijn andere hand langs haar arm naar haar buik glijden. Hannah huivert van weerzin en draait haar gezicht weer naar Charlie toe. Ze heeft een plan, maar dan moet ze Charlie afleiden. Haar ene mes zit in haar laars, het andere zit strak om haar arm. Ze moet proberen Charlie te laten denken dat de ring nog in het doosje zit. Plots voelt ze een vlammende pijn op haar wang en klapt haar hoofd tegen de muur aan. Haar vrije hand voelt voorzichtig aan haar wang en ze voelt iets plakkerigs op haar vingers.

'Geef hem aan mij!' schreeuwt Charlie en ze voelt de spetters speeksel op haar gezicht landen. Ruw trekt hij haar mee naar de balustrade en duwt haar half over de reling met één arm op de rug gedraaid. Hannah snakt naar adem van de pijn. De balustrade maakt het moeilijk om adem te halen. Nu kan ze wel met een hand onder haar lijfje en zo snel en onzichtbaar als ze kan, haalt ze het doosje eronderuit. Het doosje houdt ze stevig in haar hand. Dan ziet ze Liam door de deur naar binnen rennen, vechtend tegen de wachters van Xander.

'Oh kijk,' hoort ze Charlie zacht in haar oor zeggen. 'Daar is je prins op het witte paard. Die zal snel genoeg vallen. Tegen de wachters kan hij niet op. Laten we hem even gedag zeggen.'

Charlie draait Hannah ruw om en ze kan een kreet van pijn niet onderdrukken.

'Hannah!' hoort ze Liam van onder zich roepen en daarna de slagen van zwaarden tegen elkaar.

'Zoek je dit?' hijgt Hannah en houdt het doosje omhoog. 'Hier, vangen!' Ze gooit het doosje zo ver ze kan. Charlie laat haar los en duikt op het doosje af. Hannah laat zich hijgend op de grond vallen. Haar haar valt over haar schouder. Ze grijpt het gevest van het mes dat in haar laars zit en kijkt naar Charlie.

'Denk je soms dat je grappig bent?' grauwt hij en gooit het doosje over de balustrade. 'Dat ding is leeg en ik weet zeker dat ik een juweel gezien heb. Ik vind het wel, al moet ik al je kleren van je lijf af scheuren.'

Dreigend komt hij op haar af en Hannah wacht haar kans af. Het moment dat hij dicht in de buurt is, komt ze omhoog en steekt de dolk in zijn bovenbeen. Charlie brult van woede en haalt uit. Hannah valt tegen de grond en krabbelt snel achteruit. Ze moet naar beneden; de trap is zo dichtbij. Charlie trekt de dolk uit zijn been en het bloed druipt langzaam naar beneden. Hannah probeert het andere mes uit de schede te halen, maar dat zit vast. Ze schuift achteruit over de grond naar de trap en Charlie komt op haar af gestrompeld. Razendsnel draait Hannah zich om en vlucht naar beneden. Tijdens het rennen probeert ze nog een keer de dolk uit de schede te trekken. Maar door de haast krijgt ze het riempje niet los dat het mes in de schede houdt. Na veel gesjor komt het riempje een beetje los. Dan hoort ze een hoop kabaal en kijkt omhoog. Charlie is van de trap gevallen en rolt in volle vaart tegen haar aan. De laatste paar treden vallen ze samen en ze komen in een kluwen van ledematen beneden aan. Kreunend probeert Hannah zich los te maken van Charlie, die hijgend half bovenop haar ligt. Door de val steekt de dolk half uit de schede en ze neemt die in de hand. Met een zwaaiend gebaar steekt Hannah de dolk blindelings naar achteren, waar ze Charlie een kreet van pijn hoort slaken. Het gewicht dat haar tegenhoudt om overeind te komen, neemt af en ze krabbelt onder Charlie vandaan. Liam staat een eindje verderop in gevecht met twee wachters, maar ze kan hem nu niet helpen. Die ring moet naar Kirk, dat is het belangrijkste. De poort staat open en de zon schijnt fel in haar gezicht. Ze ziet Kirk woest in gevecht met meerdere wachters, terwijl Xander veilig verderop staat te kijken. Achter zich hoort ze gestommel en ze kijkt om. Charlie komt langzaam overeind en werpt een blik vol haat haar kant uit. Snel rent Hannah door de poort door naar buiten, het zonlicht in.

Eenmaal buiten moet ze haar hand voor haar ogen doen om haar ogen te laten wennen aan het zonlicht. Ze spot Kirk en rent zijn richting op.

'Houd haar tegen!' krijst de stem van Charlie over het plein. De wachters aan de rand van het plein horen hem en zien Hannah rennen. Ze komen van alle kanten op Hannah afgestormd. In paniek blijft Hannah staan. Kirk heeft de stem van Charlie ook gehoord en slaat met een paar woeste gebaren van zijn zwaard de laatste twee wachters van zich af.

Hannah laat de ring om haar vinger aan Kirk zien en zijn ogen worden groot. Snel haalt Hannah de ring van haar vinger en ze gooit hem met een grote boog naar Kirk. Alsof de tijd vertraagd is, zo langzaam gaat de ring door de lucht – tollend in de richting van Kirk die een hand uitstrekt om hem te vangen. Hannah kijkt naar Xander die met grote ogen het schouwspel in zich opneemt. Hij schreeuwt iets tegen de wachters, maar hij is te laat. De ring komt in de uitgestrekte hand van Kirk terecht en hij doet hem om zijn vinger. De ring straalt een fel licht uit en plots wordt Hannah getroffen door een schokgolf van wind die over het gehele terrein en kasteel gaat.

Met grote ogen kijkt ze naar het schouwspel dat zich voor haar ogen afspeelt. De kleding van Kirk verandert: de losse boerenkleding die hij eerst aanhad is veranderd in goed zittende en duur ogende kleding.

'Nee, nee!' hoort Hannah en ze kijkt naar Xander. Die staart naar zijn kleding en voelt op zijn hoofd. De kroon die hij eerst droeg is verdwenen. Hannah kijkt weer naar Kirk en ziet dat hij een kroon draagt.

'JIJ! Het is allemaal jouw schuld! Dit is niet waar, het is allemaal van mij!' briest Xander en hij zwaait met een vinger naar Kirk. 'Wachters, grijp hem en gooi hem in de kerkers!'

De wacht beweegt zich niet en kijkt naar Kirk. Hij heeft een grote grijns op zijn gezicht terwijl hij naar Xander kijkt.

'Dit had je niet verwacht of wel, broertje?' vraagt hij. 'Nu eindelijk de troon weer in handen is van de ware erfgenaam, luistert de wacht niet meer naar jou. Dat heeft ook te maken met de vloek die Livia over het kasteel en zijn landerijen had uitgesproken. Die is nu verbroken doordat ik de ring draag, net als alle magie. Dat is een van de voordelen van de ware erfgenaam zijn.'

Xander is op zijn knieën gezakt en staart naar de grond, gebroken.

'Wachters, neem hem mee naar de kerkers en sluit hem op,' blaft Kirk. 'We zullen een passende straf voor je bedenken. Misschien wat werk doen dat je anderen voor je liet doen zodat jij je prinselijke leven kon leiden? Dat klinkt niet eens zo heel verkeerd, een paar jaar flink werken op de boerderij.'

Xander staart Kirk vol ongeloof aan.

'Ga je dat echt doen? Ik ben je broertje. Dat doet familie niet, toch?' vraagt hij stamelend.

'Zoals jij ook niet van plan was mij en mijn mannen op te hangen?' zegt Kirk koel terug en staart Xander aan. Xander wendt zijn blik af en kijkt naar de grond.

'Breng hem weg,' gebiedt Kirk naar de wachters. Die buigen licht voor hem en nemen Xander mee.

Hannah kijkt om zich heen. De wachters die om haar heen stonden, staan verbaasd voor zich uit te staren, alsof ze niet weten wat ze hier doen. Kirk komt naar haar toe en bekijkt haar van top tot teen.

'Gaat alles goed met je?' vraagt hij bezorgd. Hannah bekijkt zichzelf. Ze zit onder de builen en schrammen. Hier en daar zit er wat opgedroogd bloed op haar kleren.

'Een bad zou wel prettig zijn,' zegt ze droog en Kirk schiet in de lach. Hannah glimlacht en voorzichtig laat ze zichzelf ontspannen. Ze is nog steeds hyperalert op haar omgeving en kijkt voortdurend om zich heen.

'Wat is er met de wachters gebeurd?' vraagt ze en Kirk gebaart haar om hem naar binnen te volgen.

'Een gevolg van de bezweringen die Livia heeft uitgesproken. Ze waren onder haar wil en daardoor dus ook onder de wil van Xander terechtgekomen en deden alles wat ze vroegen. Doordat ik de ring nu draag, heeft de magie van de ring alle andere bezweringen opgeheven en zijn ze weer eigen baas. Gelukkig strekte dat niet uit tot andere werkers van het kasteel of de boeren,' vertelt Kirk en leidt Hannah het kasteel weer in. In de troonzaal staat Liam hijgend tegen een pilaar aan. Hannahs hart springt op als ze hem ziet en rent naar hem toe. Ze slaat haar armen om hem heen en drukt haar gezicht tegen zijn borst aan. Ze voelt de armen van Liam om haar heen. Eindelijk is ze veilig.

Hoofdstuk 20

De uren daarna gaan in een waas voorbij. Na een warm bad en schone kleren zit ze samen met de rest in de troonzaal om daar de maaltijd te nuttigen en te bespreken hoe nu verder te gaan.

'Het zal je niet verbazen dat we die Charlie ook in de kerkers hebben gegooid,' zegt Kirk met een blik op Hannah en Liam. Hij had een flinke verwonding in zijn been en een schram over zijn wang en arm lopen. Je hebt hem goed te pakken gehad, meisje.'

Kirk heft zijn glas naar Hannah. Ze voelt dat haar wangen rood worden, maar kijkt vastberaden terug.

'Het is zijn verdiende loon,' zegt ze. Liam, die naast haar is komen zitten, geeft haar met zijn elleboog een zacht stootje en grijnst.

'Hij was wel op weg naar de steen met een hoop kostbaarheden bij zich,' gaat Kirk bijna achteloos verder, maar zijn ogen verraden een woedende schittering. 'Door de verwonding in zijn been ging hij niet zo snel. We hadden hem op de paarden zo ingehaald. En dan nog boos worden "omdat hij die kostbaarheden heeft verdiend".' Kirk snuift en stoot een korte lach uit.

'Het kostte ons geen moeite om hem in de kerkers op te sluiten. Nog schoon verband gegeven ook. Het is niet de bedoeling dat hij er snel tussenuit piept,' zegt hij en neemt een slok van zijn beker.

'Wat hebben jullie eigenlijk gedaan?' vraagt Hannah. Kirk kijkt even peinzend voor zich uit en zet zijn beker op tafel.

'We hebben de wacht zo veel mogelijk op het plein gehouden om jullie de tijd te geven,' zegt hij. 'Maar we hadden er geen rekening mee gehouden dat Charlie Xander zover had gekregen dat hij zes wachters kreeg.

'Die ons stonden op te wachten bij de werkkamer van de koning,' bromt Corsin tegenover haar nors. Hij heeft een aantal blauwe plekken en een flinke bult op zijn gezicht, maar verder lijkt hij geen verwondingen te hebben.

'Ja, dat heeft Xander hem opgedragen,' zegt Kirk fronsend.

'We hielden ze zo lang mogelijk tegen om jullie een voorsprong te geven en zijn daarna naar het plein gegaan om de rest te helpen,' zegt Corsin. Hij wijst met zijn mes naar Liam. 'Die daar wist zich goed staande te houden.'

Liam grijnst en leunt ontspannen tegen de stoel aan. Ook hij zit onder de blauwe plekken en heeft een aantal schrammen op zijn armen.

'Ik had het niet veel langer vol kunnen houden,' zegt Liam. 'Ik was blij dat jullie me te hulp schoten.'

Na nog een tijdje de ontwikkelingen van die dag te hebben doorgenomen, kijkt Kirk naar Hannah en Liam.

'Ik denk dat jullie zo onderhand wel terug naar huis willen?' vraagt hij met een opgetrokken wenkbrauw. Hannah glimlacht als ze aan thuis denkt.

'Ja, dat zou wel prettig zijn,' zegt ze.

'Laat ons jullie dan niet langer ophouden. Ik zal zorgen dat jullie spullen gehaald worden,' zegt Kirk en hij wenkt een bediende. Die haast zich weg nadat hij de orders van Kirk heeft ontvangen.

'Jullie spullen worden gehaald. Willen jullie Charlie mee terug nemen naar jullie tijd?'

Hannah kijkt naar Liam en neemt een besluit.

'Ja, als we hem niet meenemen zou het raar zijn als hij ineens van de aardbodem verdwenen is,' zegt ze en kijkt weer naar Kirk. 'De politie, onze wacht, heeft al een rapport over hem dus we kunnen hem overdragen aan de politie. Het zal niet moeilijk zijn een andere uitleg te geven dan wat er werkelijk gebeurd is; een worsteling hebben we al gehad.'

Kirk knikt en gebaart naar de wachters bij de poort. Die buigen licht voor hem en stappen naar buiten. Niet veel later is de bediende terug met de spullen van Liam, Hannah en Charlie. Charlie staat met zijn handen gebonden voor zich en een prop in zijn mond bij de poort te wachten. Hannah en Liam nemen uitgebreid afscheid van iedereen en gaan dan op weg naar de stenen. Eenmaal terug in hun eigen tijd voelt Hannah vibraties uit haar rugzak komen. Verbaasd zoekt ze naar de oorzaak en haalt haar telefoon eruit. Tientallen gemiste oproepen en berichtjes.

'We hebben heel wat uit te leggen,' zegt ze tegen Liam en laat hem haar telefoon zien.

'Daar komen we wel uit. Eerst deze hier naar het politiebureau brengen,' zegt Liam en hij trekt Charlie achter zich aan naar de auto. Na een korte rit zijn ze terug in de stad, waar ze meteen naar het politiebureau gaan. Daar vertellen ze het verhaal dat Charlie hen gevolgd was en een tijd gegijzeld had, wat niet eens zo heel ver van de waarheid is. Omdat er al een rapportage van Charlie was, hadden agenten geen moeite om hun verhaal te geloven en werd Charlie meegenomen voor verhoor.

'Wanneer hij gaat vertellen over reizen naar een andere dimensie, komt daar ook nog eens krankzinnigheid bij kijken,' zegt Liam zelfgenoegzaam, terwijl ze terugrijden naar het dorp van Liam. 'Het zou me niet verbazen als ze hem in een inrichting opsluiten.'

'Zolang hij maar wegblijft van ons, dan vind ik alles best,' zucht Hannah en ze zakt ontspannen tegen de rugleuning van de stoel aan.

Wanneer ze aankomen bij de ouders van Liam, worden ze met open armen ontvangen. Vragen over waar ze zijn geweest en wat er is gebeurd, worden uitgebreid verteld en Hannah heeft een lang telefoongesprek met haar ouders. Die waren buiten zichzelf van ongerustheid en stonden op het punt om naar haar toe te komen.

'Nee echt, dat hoeft niet,' zegt Hannah door de telefoon. 'Overmorgen rijd ik naar huis. Er is iemand die ik aan jullie voor wil stellen.'

Ze werpt een korte blik op Liam en voelt haar wangen rood worden. Ze hebben afgesproken dat hij met haar meerijdt naar huis en vanaf daar zien ze wel hoe het loopt. Ze heeft goede hoop dat het allemaal goed gaat komen.

EINDE

FOR AUTOREN A HEART FOR AUTHORS À L'ÉCOUTE DES AUTEURS MIA KARAIA ΓΙΑ ΣΥΓΓ
ORFORFATTARE UN CORAZON POR LOS AUTORES YAZARLARIMIZA GÖNÜL VERELIM 'SZÍ
AUTORI ET HJERTE FOR FORFATTERE EEN HART VOOR SCHRIJVERS TEMOS OS AUTO
SERCE DLA AUTORÖW EIN HERZ FÜR AUTOREN A HEART FOR AUTHORS À L'ÉCOU
BCEЙ ДУШОЙ К АВТОРАМ ETT HJÄRTA FOR FÖRFATTARE À LA ESCUCHA DE LOS AUTO
ΡΑΜΑ ΓΙΑ ΣΥΓΓΡΑΦΕΙΣ UN CUORE PER AUTORI ET HJERTE FOR FORFATTERE EEN
ERZÖINKÉRT SERCE DLA AUTORÖW EIN HERZ FÜ
RACAO ВСЕЙ ДУШОЙ К АВТОРАМ ETT HJÄRTA FÖ

De auteur

Anne Janssen is in 1993 geboren in Vught. Ze
studeerde biologie en medisch laboratoriumonder-
zoek. Na vijf jaar werkervaring in de virologie bij
een preklinische afdeling, merkte Anne dat dit toch
niet helemaal was wat ze graag wilde doen en ze
besloot de switch te maken naar de bbl-opleiding
pedagogisch medewerker niveau 4. Momenteel
geniet ze van haar werk in de kinderopvang voor
kinderen met een taal- en/of ontwikkelingsachter-
stand.
Van kinds af aan hield Anne van lezen; elke week
was ze wel in de bibliotheek te vinden. Naast
lezen vindt ze ook sporten erg belangrijk en niet
alleen voor zichzelf; iedereen moet mee kunnen
doen. Daarom geeft ze om de week op zaterdag
atletiektraining aan kinderen en volwassenen met
een beperking. De legende van Arnborg is haar
eerste boek.
Anne woont in Nijmegen.